ATRIUM

Erich Kästner, 1899 in Dresden geboren, ist bi heute einer der meistgelesenen und beliebteste deutschen Autoren. Nach der Machtübernahm der Nationalsozialisten wurden seine Bücher verbrannt, sein Werk erschien nunmehr in der Schweiz im Atrium Verlag. Für seine Bücher wurde er mit zahlreichen Preisen ausgezeichne darunter der Hans-Christian-Andersen-Preis und der Georg-Büchner-Preis. Erich Kästner starb 1974 in München.

Erich Kästner

KLAUS IM SCHRANK

ODER

DAS VERKEHRTE WEIHNACHTSFEST

Mit einem Vorwort von Juliane Lachenmayer

Atrium Verlag • Zürich

MIX
Papier | Fördert gute Waldnutzung
FSC® C014496

Erstausgabe
1. Auflage 2024

Coverfoto: David Baltzer
Umschlaggestaltung: Herr K | Jan Kermes, Leipzig
Autorenfoto: Annelise Kretschmer,
© Nachlass Luiselotte Enderle, RA Beisler, München
Pressezitate im Vorwort:
Hartmut Krug, Deutschlandfunk Kultur (Fazit), 2013
Johanna Lemke, Sächsische Zeitung, 2013
Michael Schilhan, Next Liberty Thater, Begleitmaterial, 2014
Satz: Pinkuin Satz und Datentechnik, Berlin
Druck und Bindung: GGP Media GmbH, Pößneck
Printed in Germany
ISBN 978-3-85535-189-3

www.atrium-kinderbuch.com
www.instagram/atrium_kinderbuch_verlag

»Macht es euch nur noch bequemer mit euren Kindern!«

(Klaus)

Vorwort von Juliane Lachenmayer

Als am Tag nach der Uraufführung von *Klaus im Schrank oder Das verkehrte Weihnachtsfest* am Schauspielhaus Dresden die ersten Aufführungskritiken erschienen, standen die Dresdner kopf – und vor allem standen sie Schlange: an der Theaterkasse nämlich. Das Schauspielhaus versuchte mit viel Mühe, einige Zusatzvorstellungen anzusetzen, um den Besucheransturm auffangen zu können. »Die Geburt eines Dresdner Klassikers. Bei uns laufen die Drähte heiß. ALLE wollen es sehen. Ach, herrlich, Kinder!«, schrieb uns Robert Koall, der Chefdramaturg des Theaters. Wenn man weiß, dass Weihnachtsproduktionen ohnehin zwanzig- bis dreißigmal im Großen Haus gezeigt werden, wird deutlich, wie viele Menschen unbedingt in dieses eine Stück wollten – und das ganze 86 Jahre nachdem ein junger Autor namens Erich Kästner es verfasst hatte, als erstes längeres literarisches Werk seiner Karriere überhaupt. Erst am 03.11.2013 erblickte es am Schauspielhaus Dresden unter der Regie von Susanne Lietzow das Licht der Bühnenscheinwerfer. Der ursprüngliche Text Kästners, der mit dieser Ausgabe erstmals in Buchform vorliegt, musste dafür behutsam an die heutigen Aufführungsgepflogenheiten angepasst werden. Susanne Lietzow hat den Text damals für die Bühne gekürzt und sanft modernisiert, wo es unumgänglich war. Da eine Seite im Original fehlt, musste an dieser Stelle auch ein passender Übergang gefunden werden. Dann aber durften Klaus und Kläre endlich strahlen!

Wie kommt es, dass ein ambitionierter Autor sein erstes literarisches Werk überhaupt dem jugendlichen Theaterpublikum widmet und nicht etwa auf den Abendspielplan schielt, der immerhin in den Feuilletons deutlich mehr Platz einnimmt? Als Erich Kästner sich 1927 entschloss, ein »Weihnachtsmärchen« zu schreiben, war er ein noch recht unbekannter Autor, eher ein Journalist, der im Sommer des Jahres gerade erst den Sprung aus Leipzig in die Großstadt Berlin gewagt hatte. Er brauchte dringend Aufträge aller Art. Und weil er ein leidenschaftlicher Theaterbesucher war, wusste er um die Bedeutung der Weihnachtsmärchen. Schon damals bescherten diese alljährlichen Inszenierungen den Theatern volle Häuser und entsprechend volle Kassen.

Erich Kästner hoffte also, mit seinem Theaterstück rasch ein dringend benötigtes Salär verdienen zu können. Doch er hat das Beharrungsvermögen dieser Spielplanposition unter- und seine Beziehungen in die Theaterwelt überschätzt. Am 16. Februar 1927 schrieb er an seine Mutter: »Das Weihnachtsmärchen will ich bis 1. Juli fertig haben, damit's noch für diese Weihnachten aufgeführt werden kann. Der List-Verlag könnte es in Bühnenvertrieb nehmen. Außerdem hat mir Balthasar, mit dem ich studiert hab bei Köster und der vom Erbprinzen Reuß der Duzfreund ist, gesagt, ich soll ihm alles, was ich schreib, anbieten, daß er's dem Reuß und seinem Theaterintendanten, dem Iltz, vorlegt. Na, das wird schon klappen.«

Es klappte nicht. Nicht nur, weil die Spielpläne im Juli längst gemacht waren, sondern vor allem, weil Verlage und Theatermacher das Stück einhellig ablehnten. Ganz gut geschrieben sei es zwar, aber eben doch etwas zu modern.

Damals war das Weihnachtsmärchen traditionell fest abonniert auf opulent inszenierte, inhaltlich aber harmlose Stoffe, meist Bearbeitungen klassischer Märchen. Es herrschten darin friedlicher Eskapismus und das Idealbild einer naturnahen, unverdorbenen Kindheit. Wenn überhaupt der pädagogische Zeigefinger erhoben wurde, dann in Richtung der Kinder, niemals aber den Erwachsenen gegenüber. Kritische Töne, Gegenwartsthemen oder gar moderne Darstellungsformen, wie Kästner sie für *Klaus im Schrank* wählte, waren nicht gefragt. Und da Erich Kästner kurz darauf mit seinem ersten Gedichtband *Herz auf Taille* (1928) der literarische Durchbruch gelang, wanderten Klaus und Kläre ungespielt und wohl irgendwann auch vergessen von einer Schublade in die nächste. Am Ende wurde das Stück mit dem gesamten Nachlass seiner langjährigen Sekretärin Elfriede Mechnig der Berliner Akademie der Künste übergeben. Dort erhielt das Manuskript zwar den gewichtigen Stempel, dass es »nur mit Genehmigung des Archivs der Akademie der Künste, Berlin, veröffentlicht, vervielfältigt und an Dritte weitergegeben werden« dürfe, aber es wurde eben nie veröffentlicht, vervielfältigt oder an Dritte weitergegeben. Es führte ein karges Schattendasein in wissenschaftlichen Zirkeln.

Erst im Dezember 2011 tauchte es wieder auf, als Prof. Dr. Stefan Neuhaus auf einer Kästner-Tagung den Verlag für Kindertheater darauf ansprach. Er habe das Skript einmal besessen, es bei einem Umzug aber leider verloren, und so bat er um einen Ersatz. Ich klopfte, ahnungslos, bei Sylvia List und Peter Beisler an, die seit vielen Jahren den Nachlass Erich Kästners betreuen und wirklich alles über den Autor wissen. Man schrieb an die Akademie, ein sehr altes und angegrautes Typoskript kam schließlich an – und ich las erstmals, um es mit Kästner zu sagen, »kolossal« aufgeregt, von Klaus und Kläre … Es war kaum zu glauben: Ich hielt ein frühes Bühnenwerk des weltberühmten Autors in Händen, das nicht nach einer Buchvorlage entstanden war, sondern das er genuin für die Bühne geschrieben hatte! Es ist diesem Werk anzumerken, dass es kein Lektorat erfahren hat und es der Autor auch nicht im Rahmen der Uraufführung kritisch überprüfen konnte. Im Zuge der Probenarbeit wären Kästner vermutlich die kleinen Längen des Textes aufgefallen. Und vielleicht hätte er im Gespräch mit der Regie auch die »elektrische Schaukel« noch einmal überdacht. Dennoch war der frühe Text schon ganz erkennbar »ein echter Kästner für Kinder«, ein Text mit einem großen Thema, mit wahrhafter Liebe zur Kindheit und herrlich skurrilem Humor. Es war für mich damals keine Frage, dass dieses Werk nur in einer Stadt zur Uraufführung kommen sollte, in Kästners Geburtsstadt Dresden mit seinem schönen Theaterhaus und dem begeisterungsfähigen, kunstsinnigen Ensemble rund um den Intendanten Wilfried Schulz. Es war die richtige Entscheidung: »Eltern und Kinder hatten am Premierenabend gleichermaßen große Freude. Anschließend an die Inszenierung dieses klugen Stückes in dieser wirklich sehr fantasievollen und exakten Inszenierung von Susanne Lietzow mit einem sehr guten Ensemble gab es Standing Ovations, und zwar von den Kleinen wie von den Eltern und Erwachsenen. Stück und Inszenierung nehmen jeden ernst, übervorteilen nicht die Kinder und machen es auch den Eltern nicht zu leicht, es ist ein Stück für alle Generationen.«

Robert Koall hat das Stück in einem Interview als Kästners »Ursuppe« bezeichnet, ein, wie ich finde, sehr treffender Ausdruck. Denn wer den späteren Autor kennt, sieht natürlich sogleich, wie er die Motive aus seinem Erstling weiterentwickelt hat: die Wohlstandsverwahrlosung von Pünktchen Pogge in *Pünktchen und Anton*; die verkehrte Welt hinter dem Schrank im *35. Mai*; den Rollentausch von Groß und Klein im Kurzfilm *Dann schon lieber Lebertran*; vielleicht ließe sich, mit etwas Böswilligkeit, sogar eine Verbindung von »Die Schule der Erwachsenen« zum Theaterstück *Die Schule der Diktatoren* ziehen. Die typische Kästner'sche Parteinahme für die Kinder und notfalls gegen die ignoranten Erwachsenen ist schon in seinem ersten Text für junge Menschen vollständig entfaltet. Und wenn die oben erwähnte »elektrische Schaukel« uns heute beim Lesen doch zu weit geht, dann kann sie eben auch als Beweis dafür gelten, wie ernst es Kästner war mit dieser Parteinahme, wie sehr er sich wünschte, man könne die Erwachsenen notfalls auch mit schwarzer Pädagogik zum Wohle ihrer Kinder bessern. Wenn also der Vater Kloppstock hier einmal selbst einen elektrischen »Kloppstock« zu spüren bekommt, dann sollten ruhig auch die Eltern im Publikum unruhig auf ihren Sitzen herumrutschen: Katharsis, die große Wirkung des Theaters, hatte Kästner immer für die Erwachsenen reserviert – und nur sehr selten für die Kinder, höchstens für so ganz miese Exemplare wie Gottfried Klepperbein in *Pünktchen und Anton.*

Interessanterweise wird das ausufernde Spiel mit dem Medium Film, das Kästner in *Klaus im Schrank* geradezu zelebriert, in keinem anderen seiner Werke wieder aufgegriffen. Die Welt hinter dem Schrank, die Klaus und Kläre auf magische Weise betreten, ist ein großes Filmset, in dem Charlie Chaplin und der Kinderstar Jackie Coogan unser Geschwisterpaar für ihren neuen Film *Die Schule der Erwachsenen* engagieren. Bis in die Regieanweisung macht Kästner klar, dass Theater und Film auf der Bühne verschmelzen sollen: »Für alle Szenen (…) gilt als Bühnenrahmen ein runder Ausschnitt (…), um anzudeuten, dass es sich um filmartige Vorgänge handle. Der runde Bühnenausschnitt ist quasi das Okular eines Kurbelkastens.« Erich Kästner war zweifellos ein Meister vieler Genres, er beherrschte gleichermaßen Lyrik und Prosa, Theaterstücke, Hörspiele und Drehbücher. Als junger Autor lässt er im ersten Theaterstück seiner Lust an der damals jungen Moderne (*The Kid* von Charlie Chaplin wurde 1921 gedreht) freien Lauf. Ganz bewusst wurde diese Referenz auf die Welt der Zwanzigerjahre auch in der behutsamen Nachbearbeitung des Stückes durch die Regisseurin der Uraufführung Susanne Lietzow beibehalten. Als das Werk 2014 erstmals in Österreich am Next Liberty Theater (Graz) aufgeführt wurde, schrieb der Regisseur Michael Schilhan dazu: »Ich finde, dass für unsere jungen Zuschauer interessant ist, wie man sich damals gekleidet hat, welche gesellschaftlichen Vorbilder man hatte, welche technischen Neuerungen es gab, wie man sich mit einem Telefon mit Wählscheibe zurechtgefunden hat usw.« Kein Wunder aber, dass Kästners Stück den Geschmack seiner Zeitgenossen nicht getroffen hat. Im damaligen Weihnachtsmärchen hatten weder ein Telefon mit Wählscheibe noch eine Filmkamera etwas zu suchen.

Kästners unvergleichliches Einfühlungsvermögen in die kindliche Seele wird später seinen Weltruhm begründen.

»Nur wer erwachsen wird und Kind bleibt, ist ein Mensch«, so lautet ein bekanntes Zitat Kästners. Doch wer erwachsen wird und sein inneres Kind vergisst oder gar verrät, dem räumt Erich Kästner in all seinen Werken die Chance ein, sich zu besinnen und zu bessern. »Macht es euch nur noch bequemer mit euren Kindern!«, ruft Klaus seinen Eltern verzweifelt entgegen, als denen auf seine schulischen Probleme nichts anderes einfällt als die Drohung, man sollte ihn in ein Kinderheim stecken. Es ist also nur gerecht, dass es für Mutter und Vater in der Folge recht unbequem wird, wenn sie nämlich ihre eigene, mangelhafte Erziehungsweise am eigenen Leib erfahren müssen. Jackie Coogan fasst das Anliegen von Film und Stück zusammen: »Wir wollen zeigen, dass die Eltern sich viel mehr Mühe geben müssten, wenn sie ihre Kinder richtig begreifen und erziehen wollten.«

Wohl den Erwachsenen, die sich durch Erich Kästners Witz und Herz, Phantasie und Wortkunst immer wieder an ihre Verantwortung den Kindern gegenüber erinnern lassen dürfen. Und wohl den Kindern, die seit Generationen Klaus und Kläre, Emil und Pony Hütchen, Pünktchen und Anton, Luise und Lotte   und sogar Jackie Coogan als Fürsprecher haben.

Klaus im Schrank

oder

Das verkehrte Weihnachtsfest

Ein modernes Weihnachtsmärchen
in sieben Bildern

von Erich Kästner

Eingereicht von: Dr. Erich Kästner
Berlin - W 50
Prager Straße 17
bei Ratkowski

Kurze Inhaltsangabe

Ein Knabe und ein Mädchen - Geschwister - sind abends allein zu Haus, äußern ihre (aktuelle) Unzufriedenheit mit Eltern und Schule (in bescheidenem, nicht etwa verletzendem Ausmaße); werden per Radio und recht geheimnisvoll aufgefordert, das Haus zu verlassen; verschwinden im Schrank und treffen in einer märchenartigen Filmwelt ein.
Hier vollzieht sich nun - von Chaplin und Jackie Coogan organisiert - ein kompletter Wandel familiärer Beziehungen: Die Eltern werden in Kinderkleidung gesteckt und müssen mit den Befugnissen und Gewohnheiten von Kindern vorliebnehmen, während die Kinder gezwungen sind, sich mit den Erziehungs- und Arbeitspflichten, Kleidern und Gebräuchen Erwachsener abzufinden. Diese verkehrte Welt (Unterricht, Turnen, Weihnachtsfest usw.) - von den Kindern zunächst heftig begrüßt - erregt schließlich das Missfallen sämtlicher Teilnehmer (bestimmt nicht das eines Publikums), und im vorletzten und letzten Bilde findet sich alles, in ein wenig geläuterter Form, in die Wirklichkeit (die besser ist, als man vorher dachte) zurück. Happy End.

Personen:

Klaus } Geschwister
Kläre

Der Vater, ein Bankdirektor

Die Mutter

Altenberg

Jackie Coogan

Charlie Chaplin

1. Herr, 1. Dame, 1. Kind

2. Herr, 2. Dame

Verschiedene Eltern und Kinder

Stimme aus dem Radioapparat

Die Titel der 7 Bilder:

1. Bild: Klaus wird frech
2. Bild: Ein Hund frisst Schokolade
3. Bild: Vater wird elektrisiert
4. Bild: Keiner bringt die Bauchwelle
5. Bild: Jackie Coogan als Staatsanwalt
6. Bild: Wenn Eltern mit Puppen spielen
7. Bild: Kläre hat Kopfschmerzen, aber alles wird gut

Die Orte der Handlung:

1. und 7. Bild: Kinderzimmer in gutem Hause
2. Bild: Eine unbelebte Großstadtstraße
3., 4., 5. und 6. Bild: Ein (kindlichen Vorstellungen entsprechendes) Filmatelier

1. Bild

Klaus wird frech

Komfortables, geräumiges Kinderzimmer. Mit Radiolautsprecher, Telefon, Turngerät, Pulten, Betten, Riesenschrank usw.

1. *Auftritt*

KLÄRE, *etwa 11 Jahre alt, beugt sich weit aus dem Fenster. Etwas später* KLAUS, *ihr Bruder, wenig älter als sie.*

KLÄRE: Bis du runterfällst! ... So ein dummer Junge – zwei Stock hoch! ... Wirst du gleich reinkommen? ... Klaus! ... Ich sag's dem Vater. Da kannst du was erleben ... Klaus!! Ich sag's nicht! ... Vorsicht Kurve! ... Sooo –. Fein sehen deine Strümpfe aus. Das muss man sagen. Die kannst du getrost in den Kohlenkasten werfen ... Pass auf! ... Noch einen Schritt ... noch einen ... du bist gleich da, Klaus ... So! *(sie hüpft vom Fenster herunter)*

KLAUS: *(klettert von draußen in den Fensterrahmen; ohne Schuhe, blickt kritisch auf die Armbanduhr)* Genau zehn Minuten. Das ist viel zu viel. Muss in sieben Minuten glatt zu machen sein ...

KLÄRE: Nun komm aber endlich runter!

KLAUS: Wenn du dem Vater etwas klatschst –

KLÄRE: Ich denk ja gar nicht dran.

KLAUS: Duuu! ... Sonst klettre ich retour und lass mich ganz einfach fallen.

KLÄRE: Nein, nein! Ich sag kein Wort.

KLAUS: Das musst du schwören!

KLÄRE: Ach Unsinn.

KLAUS: Dann also auf Wiedersehen! *(tut, als wolle er wieder auf den Sims)*

KLÄRE: Ich schwöre ja schon!

KLAUS: Zuerst bei deinem Leibgericht.

KLÄRE: Ich schwöre bei Makkaroni und Schinken, mit Parmesankäse drüber …

KLAUS: Dann bei deinem Lieblingslehrer.

KLÄRE: … und bei Herrn Doktor Kannegießer …

KLAUS: Und zum Schluss bei – bei dem toten Pudel Moritz.

KLÄRE: … jawoll, und bei dem auch. Fertig?

KLAUS: Und du wirst es keinem einzigen Menschen sagen? Gar niemandem? Auch dem Altenberg nicht?

KLÄRE: Nein, nein, nein. Niemandem. Nicht mal dem. Und nun komm runter!

KLAUS: Also schön! *(springt ins Zimmer. Hinter ihm schlägt das Fenster klirrend zu. Beide Kinder sind sehr erschrocken)*

KLÄRE: Es ist doch gar kein Wind …

KLAUS: Hast du Angst?

KLÄRE: *(zitternd)* I wo! Keine Spur. Du?

KLAUS: Ich auch nicht. *(beide rücken trotzdem vom Fenster ab)*

KLÄRE: *(nimmt eine Bürste und säubert seinen Anzug)* Deine Fingernägel darfst du ja niemandem zeigen. Tun sie weh?

KLAUS: Quatsch! *(er zieht seine Stiefel an. Das Telefon läutet)*

KLÄRE: Halloh? – Tag, Dorothee … Längst gemacht … Gleich nach dem Essen … Grässlich einfach. Jaja. – Da muss ich erst mal nachsehen. Moment … *(sucht ein Heft und meint zu Klaus:)* Die Dorothee Jennewein will was wissen. *(am Telefon:)* Hörst du noch? … Also warte mal … hier hab ich's … Seite 44 … Von »le père« bis »sont aimables«. Jawoll, meine Liebe … Unsere war eben zu einer Modenschau. Bei Friedländer. Nachher will sie ins Theater. Klaus sagt immer: wir wüssten schon nicht mehr, wie unsere Eltern aussähen ... Klaus ist hier im Zimmer. Ja ... Denk dir mal, was er grade getan hat –

KLAUS: *(hält ihr den Mund zu und droht)*

KLÄRE: ... ich darf's nicht erzählen. Ich hab geschworen ... Ein dummer Junge? ... Gut gut ... Wiederhören, Dorothee! *(hängt ab. Zu Klaus:)* Du wärst ein dummer Junge, und viele Grüße.

KLAUS: Na warte! *(geht ans Telefon, stellt den Anschluss wieder her:)* Hallo! – du bist das unverschämteste Frauenzimmer auf der Welt ... *(leiser, mit Verbeugung)* Verzeihen sie ... Falsch verbunden. *(hängt hin. Zu Kläre:)* Du, das war Dorothees Mutter!

KLÄRE: *(lacht vergnügt)* – Hast du schon deine Schularbeiten gemacht?

KLAUS: Danke nein! Das hat dieses Jahr absolut keinen Zweck mehr. Der »Blutegel« lässt mich doch nicht durch.

KLÄRE: Das ist noch gar nicht raus.

KLAUS: *(pocht auf ein Schulheft)* Doch, doch, das IST raus. Hier drin wird vom Papa eine Unterschrift verlangt – die geht ohne leichte Verletzungen nicht ab.

KLÄRE: Lass mich lesen!

KLAUS: Nein! Ich les es selber! *(schlägt das Heft auf. Mit verstellter Stimme, pathetisch:)* »Ich erachte es für meine Pflicht, Sie rechtzeitig darauf vorzubereiten, dass Ihr Sohn Klaus zu Ostern nicht versetzt werden wird. Trotz zwanzigjähriger Schulpraxis ist mir bis jetzt ein derartiger Fall von mangelndem Bildungsinteresse noch nicht vorgekommen. – Obwohl sein Sitzenbleiben nicht verhindert werden kann, ersuche ich Sie dringend, mit allen Mitteln – »allen« unterstrichen – ihn zu einigem Fleiße nötigen zu wollen; denn, falls er sich nicht ändern sollte, würde es sogar erforderlich werden, ihn aus unserem Schulkörper ganz und gar zu entfernen. Es geht nicht an, dass er mit seinem geradezu vergiftenden Beispiele die übrigen Schüler verdirbt. Ihr Sohn Klaus ist ebenso begabt wie faul. Und die sicherste Methode, ihn zur Arbeit zu veranlassen, ist meines Erachtens darin zu suchen, dass ihn die Eltern von seiner abnormen Vorliebe für den Film kurieren. Hochachtungsvoll Ihr Doktor Egerland.«

Ein niedlicher Brief, was? ... Oh, das gibt Prügel! Das gibt Prügel! Mein armer Podex!

KLÄRE: Das gibt keine Prügel.

KLAUS: Das gibt welche.

KLÄRE: Das gibt keine.

KLAUS: Wetten?

KLÄRE: Gemacht. Aber um was?

KLAUS: Ums nächste Taschengeld.

KLÄRE: Herrlich. Das kann ich brauchen. Für Weihnachten. Ich hab noch lange nicht genug zusammen. Wenn ich schon wüsste, was ich DIR schenke.

KLAUS: Warum denkst du, krieg ich keine?

KLÄRE: Was denn?

KLAUS: Prügel natürlich.

KLÄRE: Ach so. Ganz einfach, weil sich Papa gar nicht drum kümmert. Er schreibt seinen Namen hin, ohne zu lesen, was los ist. Und denkt noch, du bist von Egerland gelobt worden.

KLAUS: Kann schon sein. – Aber weißt du ... eigentlich möchte ich doch die Prügel kriegen.

KLÄRE: Was? Wohl wegen dem Taschengeld?

KLAUS: Ach Kohl! Aber dann merkt man doch wenigstens, dass man Eltern hat.

KLÄRE: Na ja, wir werden ja sehen. Trotzdem könntest du mit dem Fleißigsein ruhig schon anfangen, bevor du verhauen wirst.

KLAUS: Wer zum Film will, kann nicht auch noch in der Schule fleißig sein. Das ist doch ganz klar.

KLÄRE: Du mit deinem Filmklaps! Seit sie den Jackie Coogan verhimmelt haben, bist du verdreht. Kletterst am Haus entlang; rennst heimlich in Vaters Hosen rum; unterhältst dich mit Hunden und Pferden –

KLAUS: Als ob dich das einen Dreck anginge! Geld verdienen will ich und berühmt werden. Lernen kann ich später mal, wenn ich Millionär geworden bin. Dann kann ich's übrigens auch bleiben lassen. Wer Geld hat, braucht nichts zu wissen.

KLÄRE: Geldverdienen ist was für die Großen.

KLAUS: Eben nicht! Das hat sich inzwischen geändert!

KLÄRE: Ich mag nicht mit dir streiten.

KLAUS: Hat auch gar keinen Zweck, dummes Ding!

KLÄRE: *(kehrt ihm den Rücken, memoriert irgendein Lesebuchgedicht)*

KLAUS: *(geht an den Radioapparat, stellt ihn ein. Laute Musik)*

KLÄRE: *(kommt wütend auf ihn los)*

KLAUS: *(packt sie; tanzt mit ihr durchs Zimmer)*

Die Tür geht auf.

2. *Auftritt*

Die MUTTER *in großer Abendtoilette und Cape. Später noch* VATER *und* ALTENBERG. *Die Mutter hält sich gekränkt die Ohren zu. Die Kinder stellen den Apparat ab.*

MUTTER: Ein entsetzlicher Radau, liebe Kinder!

KLÄRE: Nicht zanken, Mama.

KLAUS: Servus, Pauline!

MUTTER: Du wirst ein rechter Flegel! Man nennt seine eigene Mutter nicht beim Vornamen.

KLAUS: Na, andre Mütter ließen sich's erst recht nicht gefallen.

MUTTER: Nun reißt mir aber die Geduld! *(will ihn ohrfeigen)*

KLAUS: *(flieht pro forma)*

KLÄRE: Lass ihn doch gehen, Mama!

MUTTER: Es ist auch wahr. *(wendet sich weg)*

KLAUS: *(zu Kläre wütend:)* Du sollst uns nicht stören! Wir spielten grade so schön.

KLÄRE: *(beschwichtigend zur Mutter:)* Willst du meine Schularbeiten sehn?

MUTTER: Gerne, mein Schatz. Du legst sie mir für den Abend heraus. Jetzt hab ich große Eile.

KLÄRE: Wie schade.

MUTTER: Klaus, hast du deine Arbeiten gemacht?

KLAUS: Nein, ich bleibe sowieso sitzen.

MUTTER: Was?? – Und das sagst du so seelenruhig?

KLAUS: Soll ich vielleicht heulen?

MUTTER: Sofort morgen früh geh ich zu Doktor Egerland.

KLAUS: Du hast ja doch keine Zeit.

MUTTER: Wie? Woher weißt du das?

KLAUS: Siehst du wohl?

KLÄRE: Mama, reg dich nicht erst auf. Du musst gleich gehen.

MUTTER: Das Gescheiteste wäre, man steckte dich in ein Erziehungsheim.

KLAUS: Natürlich! Macht es euch nur noch bequemer mit euern Kindern!

MUTTER: *(schweigt etwas betroffen)*

KLÄRE: Was wird denn heut Abend gespielt?

MUTTER: Ich weiß nicht mal, was. Irgendein klassisches Stück.

KLÄRE: Gehst du allein?

MUTTER: Nein, ich treff mich mit Herrn Bongardt.

KLAUS: *(flüstert Kläre etwas ins Ohr und lacht)*

MUTTER: *(streng)* Was hat Klaus eben gesagt?

KLÄRE: Ach, nichts Besonderes.

MUTTER: *(rückt drohend näher)* Willst du wohl sagen, was Klaus soeben über Herrn Bongardt geäußert hat?

KLÄRE: Nein, Mama, ich sag's nicht. Wir Kinder müssen zusammenhalten.

KLAUS: Von mir aus kannst du ruhig wissen, was ich über Herrn Bongardt gesagt habe. Ich hab gesagt: den haben sie vergessen zu erschießen.

KLÄRE: *(kichert unsicher)*

MUTTER: *(haut Klaus eine herunter)*

KLAUS: *(kämpft mit den Tränen und ruft, beinahe glücklich:)* Na endlich!

MUTTER: Was soll das wieder heißen? Du freust dich auch noch darüber, dass dich deine Mutter bestrafen muss?

KLAUS: Warum denn nicht? Es verrät doch wenigstens Interesse.

MUTTER: Wir müssen dich nächstens mal vom Sanitätsrat untersuchen lassen.

KLAUS: *(zuckt die Achseln, geht zum Fenster und schaut hinaus)*

KLÄRE: Mama, du musst nun wohl ins Theater, sonst kommst du zu spät. Aber … Muttchen … hör mal …

MUTTER: *(knöpft sich die Handschuhe)* Also, was gibt's sonst noch, Klärekind?

KLÄRE: Wann gehst du eigentlich wieder mit uns Haareschneiden?

MUTTER: Wir waren doch erst vergangne Woche!

KLÄRE: Weißt du, hinten im Halse sind sie ganz mächtig gewachsen. Geh doch morgen mit uns hin! Bitte! Klaus ist auch wieder dran.

MUTTER: Aber das ist doch einfach albern! Man kann sich doch nicht jede Woche die Haare schneiden lassen!

KLÄRE: Tu's doch trotzdem, Mama! Bitte, bitte!

MUTTER: Also, ich begreif das Ganze nicht!

VATER *und* ALTENBERG *treten ein.*

VATER: Ah, Pauline. Du bist noch im Haus? Guten Abend, meine Liebe.

MUTTER: Guten Abend, Walter. Guten Abend, Altenberg.

ALTENBERG: Guten Abend, Frau Pauline. Nett, Sie im Kinderzimmer zu sehen. *(zu den Kindern:)* Tag, Dornröschen. In sieben Jahren kommt der Prinz. – Tag, Bonzo. Wieder was ausgefressen? … Hier ist recht dicke Luft. Was hat's denn gegeben?

MUTTER: Ach, nichts von Belang.

ALTENBERG: So? Da kann man sich manchmal täuschen. Na?

MUTTER: Zu albern! Die Kinder quälen mich, ich solle mit ihnen Haareschneiden gehen.

KLAUS: *Ich* quäle gar nicht!

ALTENBERG: Bonzo, halt den Schnabel! – Daran finde ich nicht das Mindeste, Madamchen. Haareschneiden ist menschlich. Ich persönlich – vielleicht sogar Sie selber auch – ich gehe sehr gern zum Friseur.

MUTTER: Wir waren doch aber erst vor ein paar Tagen!

VATER: Das find ich in der Tat auch komisch.

ALTENBERG: Hm ... *(beguckt sich die Schöpfe der Kinder)* Waren Sie seitdem mit den Kindern wieder spazieren?

MUTTER: Aber welche Frage. Selbstverständlich!

BEIDE KINDER: Nein!!

ALTENBERG: Wer hat recht?

KLÄRE: Wir.

VATER: Bestimmt. Na ja, und da wollen sie sich also, bloß damit die Mutter mit ihnen ausgeht, täglich dreimal die Haare schneiden lassen. Nein, hab ich komische Kinder!

ALTENBERG: So ähnlich scheint es tatsächlich zu sein ... *(er streichelt Kläre, nimmt sie auf den Schoß)* Klaus?

KLAUS: Ja?

ALTENBERG: Warst du schon im Zoo, seit die Löwen Kinder gekriegt haben?

KLAUS: Nein. – Aber sind sie nett, die Kinder?

ALTENBERG: Versteht sich. Kinder sind immer nett.

VATER: Oho!

ALTENBERG: Und die Löwenkinder sind ganz besonders reizend. Wie kleine lebendig gewordne Teddybären. Man darf sie auf den Arm nehmen. Und dann trinken sie aus der Flasche.

KLÄRE: Oh, da gehen wir hin. Oh, da gehen wir hin usw.

KLAUS: Nimmst du uns mit, Onkel Altenberg?

ALTENBERG: Ehrenwort.

VATER: Sie haben eben Zeit, mein Lieber. Ich ginge auch ganz gern nachmittags in den Zoo; stattdessen schwitze ich im Büro.

ALTENBERG: Wer Kinder hat, muss auch Zeit für sie haben.

An dieser Stelle fehlt eine Seite im einzigen noch vorhandenen Manuskript.

VATER: *(sieht nach der Uhr)* Dunkel ist der Rede Sinn. – Aber ich muss fort. Kommen Sie mit in die Harmonie, Altenberg?

ALTENBERG: Nein, ich gehe direkt nach Haus.

VATER: Ich setze Sie vor Ihrem Hause ab. Steht der Wagen noch unten? (geht zum Fenster, sieht hinaus und pfeift dem Chauffeur. Man hört das Ankurbeln.) Also Wiedersehen, Kinder!

BEIDE KINDER: Auf Wiedersehen, Vater.

ALTENBERG: *(will sich verabschieden. Da schlägt das Fenster wieder zu. Alle, außer Altenberg, sind erschrocken. Altenberg schließt es, nachdem er »Ruhe« hinausgerufen hat.)*

KLÄRE: Es hat vorhin schon mal so gebumst. Bleibt's nun ruhig?

KLAUS: Ich will mal raussehen, was los ist. *(er steigt aufs Fensterbrett)*

VATER: Klaus, Klaus!

ALTENBERG: *(holt ihn zurück, sieht ihn ernst an)* Wir gehen morgen nicht in den Zoo.

KLAUS: Bitte trotzdem.

KLÄRE: Bis morgen Nachmittag folgt er nun schon.

ALTENBERG: Abgemacht?

KLAUS: Abgemacht! *(gibt ihm die Hand)*

VATER: Klaus, mein Junge, mach so was nicht wieder.

KLAUS: Sonst komm ich in ein Landerziehungsheim, nicht?

VATER: Jawohl! Man hat ja keine ruhige Minute mehr, wenn man außer Haus ist. Ich hab schon im Geschäft genügend Aufregung. Zu Haus will ich Ruhe haben. Verstanden?

KLAUS: Jawohl.

VATER: Na also! – Altenberg, ich gehe.

ALTENBERG: Ich komme schon. Auf Wiedersehen, Kinder. Morgen Nachmittag!

KLÄRE: Lang – kurz – lang!

VATER: Geht schlafen!

BEIDE KINDER: Jawoll! *(sie schieben Altenberg lachend zur Tür hinaus)*

Vater und Altenberg ab.

3. Auftritt

KLAUS *und* KLÄRE *wieder allein.*

KLAUS: Wer hat denn nun die Wette gewonnen? Vater hat zwar das Heft nicht angesehen. Aber von Pauline die Ohrfeige – die gilt doch auch.

KLÄRE: Na schön, du hast gewonnen.

KLAUS: Freut mich.

KLÄRE: Hm. Willst du nun aber das Geld auch wirklich haben?

KLAUS: Hättest du es genommen?

KLÄRE: Ja.

KLAUS: Also gut, ich schenke dir's.

KLÄRE: *(schüttelt ihm die Hand)* Merci. *(zieht die Vorhänge vor und brennt Licht an)* Ich weiß nicht: ich hab heute Abend immer Angst.

KLAUS: Unsinn. Man gewöhnt sich auch ans Spuken.

KLÄRE: *(setzt sich dicht neben ihn)* Das mit den Eltern ist eigentlich komisch.

KLAUS: Komisch? Wieso?

KLÄRE: Wenn die Mutter ins Theater geht, geht Vater in die Harmonie. Wenn Vater ins Theater geht …

KLAUS: Er geht nicht ins Theater.

KLÄRE: Ich meine doch nur so: wenn er ins Theater geht, geht Mutter zu Generaldirektors. Sie biegen sich förmlich aus dem Wege.

KLAUS: Wir können uns auch manchmal nicht leiden.

KLÄRE: Das ist was andres. – Vor paar Tagen telefonierte Mutter mit Frau Landau und sagte, sie ginge sicher paar Monate nach München, um Gesang weiterzustudieren.

KLAUS: *(springt auf)* Was? Sie will fort von uns? Das ist ja …

KLÄRE: Wenn wir sie recht bitten, so bleibt sie schon. Gesang kann sie auch hier studieren.

KLAUS: Bitten sollen wir sie auch noch? Das tu du nur allein! Ich denke nicht dran!

KLÄRE: Du wirst schon noch bitten lernen.

KLAUS: Nein. Nein! Nein!! – Hörst du nicht?

KLÄRE: Glaubst du vielleicht, ich bin taub?

KLAUS: Jetzt will ich dir mal was sagen!

KLÄRE: Na?

KLAUS: Das müsste alles ganz anders sein! Es fiel mir vorhin ein, als die Eltern hier drin waren. *Wir* müssten befehlen, und die Eltern sollten gehorchen. – Mach den Mund wieder zu! – Wir sind mit ihnen nicht zufrieden, und sie sind mit uns nicht zufrieden. Und an wem liegt das, hm? Bloß an ihnen! Sie rennen ins Theater und zum Modentee, in die Harmonie, zu Generaldirektors, und zu Weihnachten führen sie am liebsten zum Wintersport, anstatt uns zu bescheren. Nach München wollen sie, um Gesang zu studieren, und wenn man in der Penne sitzen bleibt, da lachen sie noch, als hätte man einen Witz gemacht. Und unsereinem eins hintendrüber hauen, wenn man frech war – das können sie auch nicht mehr!

KLÄRE: Und Zeit zum Spazierengehen mit uns haben sie auch nicht. Da muss Altenberg herhalten!

KLAUS: Oder nur, wenn die Haare zu lang geworden sind. Damit der Besuch sagt: Oh, was haben Sie aber für entzückende Kinder, gnädige Frau!

KLÄRE: Hör auf, Klaus. Ich muss sonst weinen.

KLAUS: Untersteh dich!! – Aber anders sein müsste es, das ist klar. Wir müssten das Geld haben und sie nur ein kleines Taschengeld. Sie müssten folgen und würden im Laufe der Zeit furchtbar viel von uns lernen. Und wenn wir wollten, müssten sie zu Haus bleiben und nett sein. Und wenn wir sagten: Wir wollen spazieren gehn, müssten sie fragen und betteln, ob sie mitdürften.

KLÄRE: Und wenn sie sich mal nicht riechen könnten, müssten sie gleich kommen und fragen, ob wir etwas dagegen hätten, dass sie mal paar Tage nicht miteinander sprächen.

KLAUS: Jawohl, und wir würden ganz einfach befehlen: Weil ihr unsre Eltern seid – los, gebt euch auf der Stelle einen Kuss! Aber einen richtigen, und nicht bloß so tun. Sonst dürft ihr nicht ins Kino und müsst schon um acht ins Bett. Oho, wir kriegten schon Schwung dahinter!

KLÄRE: Abends, wenn sie gefolgt hätten, säßen wir um den Ofen und erzählten ihnen Märchen. Das von den elektrischen Indianern, die durch die Wände sehen konnten und auch ins Gehirn.

KLAUS: Na, und das von Adamson, als er die Weckuhr verschluckt hatte und ein Automat wurde und im Schützengraben plötzlich nachts zu klingeln anfing.

KLÄRE: Und dann dürften auch sie ihre alten Märchen erzählen. Die sind auch sehr schön.

KLAUS: Und ich würde in großen Filmen spielen. Und alle Kinder der Welt würden mich sehen; die Kinder von Sumatra und die Eskimos und überhaupt alle.

Plötzlich Lichtwechsel. Seltsame Beleuchtung.

KLÄRE: Klaus?!

KLAUS: Ja?

KLÄRE: Ist das Kurzschluss?

KLAUS: Ach wo.

KLÄRE: Oder ist da die Sicherung durchgebrannt?

KLAUS: Rede nicht so dumm! Da müsste es ja finster sein.

KLÄRE: Oooh, hab ich eine große Gänsehaut! Komm, gib mir die Hand. Ein Glück, dass du da bist.

KLAUS: *(ruft mit erzwungenem Mut:)* Ist jemand hier?

KLÄRE: Ach Klaus, hab ich eine Angst. Mir tut davon direkt der Bauch weh. (sie klappert hörbar)

KLAUS: *(geht zum Lichtschalter; Kläre läuft mit; er dreht zweimal; zuerst wird es dunkel, dann entsteht das übliche weiße Licht)* Na also. Da war sicher im Elektrizitätswerk was nicht in Ordnung.

KLÄRE: *(fällt erschöpft in einen Stuhl)* Klaus, wir sollen schlafen gehen. Aber ich kann nicht. Ich würde sterben. Erst klappen stets die Fenster zu, und dann wird auch noch anderes Licht! Wer weiß, was noch passiert!

KLAUS: Wenn's nicht schlimmer wird, mag's gehen.

KLÄRE: Gleich morgen frag ich den Altenberg, was er davon hält.

KLAUS: Das weiß der auch nicht. – Komm, wir schaun uns den »Filmboten« an. *(nimmt eine Zeitschrift; Kläre ist unschlüssig)* Guck mal, den Jackie Coogan, wie er von der Brücke springt! Donnerkiel nochmal!

KLÄRE: *(rückt näher)* Das kannst du auch.

KLAUS: Aber man muss verdammt viel können, weißt du. Boxen und Autofahren und Reiten und Pistolenschießen.

KLÄRE: Das lernst du alles in paar Tagen. Das wär gelacht.

KLAUS: Ich denk schon auch. – Morgen geh ich mal zu Hans Ritters Onkel. Der heißt auch Ritter und ist Filmregisseur. Der muss mich prüfen.

KLÄRE: Lässt der dich da auch am Hause lang klettern?

KLAUS: Das werd ich ja sehen.

KLÄRE: Da komm ich mit!

KLAUS: Du musst aber unten warten.

KLÄRE: Ich bleibe unten. Und halte die Daumen. Und die großen Zehen auch.

KLAUS: Und die Eltern dürfen nichts wissen.

KLÄRE: Das ist logisch.

Aus dem RADIOTRICHTER *kommen Geräusche.*

KLÄRE: Hör nur, da ist schon wieder so etwas Unheimliches!

KLAUS: Pst!

LAUTSPRECHER: *(die Geräusche klären sich zu Worten)* Halloh! Halloh! Hier ist der Gabelsberger Sender. Ihr müsst sofort in den Schrank gehen und dann immer gradeaus. Hinter dem großen Puppengeschäft biegt ihr links ab.

Auf der Fasanenstraße 117 müsst ihr das dritte Fenster im ersten Stock rechts einwerfen. Verstanden? Das andre wird sich finden. – Ich wiederhole: Fasanenstraße 117, erster Stock, drittes Fenster von rechts. Und zieht euch warm an! – Ihr müsst gleich gehen. Auf Wiederhören! *(unter vielen Geräuschen verstummt die Meldung)*

KLAUS: *(ist aufgesprungen und macht sich Notizen auf dem Telefonblock)*

KLÄRE: *(hat die Hände an den Ohren und schlottert)*

KLAUS: *(mustert den Apparat und schüttelt den Kopf)* So etwas Verrücktes!

KLÄRE: In den Schrank sollen wir gehen und dann immer gradeaus?

KLAUS: Jawohl. Und beim Puppengeschäft links abbiegen. Und in der Fasanenstraße ein Fenster zerschmeißen! Ja. In der Fasanenstraße 117, erste Etage, drittes Fenster von rechts.

KLÄRE: Und warm anziehen … Oh, mein lieber Klaus, ist das ein schrecklicher Abend heute Abend. Oh, mein Bauch!

KLAUS: *(atmet tief und öffnet den Schrank)*

KLÄRE: Ich geh nicht mit!

KLAUS: *(beginnt die Kleider im Schrank beiseitezuschieben)*

KLÄRE: Ich geh nicht mit!!

KLAUS: Bis jetzt hab ich das ja auch noch gar nicht verlangt. *(er legt die Wintermäntel und Rodelmützen aus dem Schrank)*

KLÄRE: *(ist bemüht, die Kleider ordentlich zu legen)*

KLAUS: *(hält ihr den Mantel zurecht)* Allons, Kläre!

KLÄRE: *(zieht ihn widerstandslos an und weint dabei in ihr Taschentuch)* Mein Taschentuch geht nicht mehr!

KLAUS: *(gibt ihr seines)* Lass das Heulen!

KLÄRE: Da steckt sicher ein böser Geist dahinter.

KLAUS: Der würde uns nicht raten, warme Sachen anzuziehen.

KLÄRE: Ist denn ein Gang im Schrank?

KLAUS: Natürlich. *(setzt die Rodelmütze auf)*

KLÄRE: *(sieht in den Schrank)* Wahrhaftig! Und früher war doch nie einer da!

KLAUS: Womit schmeißt man bloß das Fenster ein? … Ach, ich nehme den Schlagball. *(steckt den Ball ein)*

KLÄRE: Wollen wir den Eltern nichts aufschreiben?

KLAUS: Was denn?

KLÄRE: Von dem Lautsprecher und dem Gang im Schrank … und dass wir uns warm angezogen hätten …

KLAUS: Nein, wir schreiben ihnen nichts auf!

KLÄRE: Soll ich uns noch schnell paar Schnitten zurechtmachen?

KLAUS: In der Fasanenstraße gibt's sicher auch was zu essen.

KLÄRE: Ich möchte mir noch mal die Hände waschen.

KLAUS: Bei den Geistern gibt's auch Wasser. Bist du fertig?

KLÄRE: Klaus, ich kann vor Angst nicht laufen.

KLAUS: Dann sag also den Eltern einen schönen Gruß von mir und –

KLÄRE: Nein, nein, allein darfst du mich nicht lassen! Wer weiß, was hier noch alles passiert, wenn du fort bist. Da komm ich lieber mit!

KLAUS: *(steigt in den Schrank, zieht Kläre nach. Die Tür geht hinter ihnen zu. Ihre Stimmen entfernen sich langsam.)*

Das Fenster springt auf, der Wind heult, die Vorhänge flattern. Das Licht nimmt alle möglichen Farben nacheinander an und erlischt.

2. Bild

Ein Hund frisst Schokolade

Im Hintergrunde praktikables großfenstriges Haus, das den kindlichen Vorstellungen von einem Filmatelier entspricht. Rechts vorn Bogenlampe. Man hört Straßenbahnen, Autos, Radfahrer und andern Großstadtlärm, aber nur bruchstückweise und hergeweht. Das Haus liegt unerleuchtet und stumm.

Für alle Szenen mit Ausnahme des ersten und letzten (7.) Bildes gilt als Bühnenrahmen ein runder Ausschnitt (Durchmesser etwa Höhe des Bühnenausschnitts), um anzudeuten, dass es sich um filmartige Vorgänge handle. Der runde Bühnenausschnitt ist quasi das Okular eines Kurbelkastens, der die fünf Bilder aufnimmt. Statt Vorhang am Bilderschluss: die Bühne schließt sich nach der Kreismitte des Bühnenausschnittes zu, ähnlich wie die Blende fotografischer Apparate.

Alle Arten Regieeinfälle, die den Gedanken, es handle sich um Filmaufnahmen, unterstützen, werden im Interesse des Stücks liegen.

1. *Auftritt*

KLAUS *und* KLÄRE *kommen eilig links aus den Kulissen. Kläre vorneweg. Beide sind etwas atemlos.*

KLÄRE: O Gott ogottogott, o Gott ogottogott! Mir ist direkt schlecht von dem Hund!

KLAUS: Das war wirklich allerhand. So ein verdrehtes Vieh!

KLÄRE: Die Augen, die er hatte! Wie Wichsschachteln! – Und gebellt hat er überhaupt nicht. Immer neben uns her, immer neben uns her … Oh, ist mir schlecht von dem Hund!

KLAUS: Und als er vor uns stehen bleibt, mit den Augen zwinkert und fragt: Habt ihr Schokolade?! Ein Bernhardinerhund fragt, ob wir Schokolade haben! – Was es so alles gibt. Egerland verlöre glatt den Verstand, wenn er das erlebt hätte.

KLÄRE: So bin ich in meinem Leben noch nie gerannt … Kommt er auch nicht hinter uns her?

KLAUS: Nein, nein, er sperrte an der Ecke vorm Puppengeschäft seine Schnauze grässlich weit auf, verschluckte sich selber – und war weg wie weggeblasen. Ich hab's genau gesehen.

KLÄRE: Ich hab mich nicht umgedreht. Eine komische Art zu verschwinden. Na, das soll mir egal sein. Hauptsache, dass er fort ist. Ich könnte den Hund nicht mehr aushalten.

KLAUS: Nun bin ich bloß gespannt, welche Hausnummer das hier ist. *(nimmt Streichhölzer aus der Hosentasche und leuchtet das Portal ab)* Da wären wir also. 117. Fasanenstraße 117. –

KLÄRE: Das sieht aber so finster aus, als ob gar niemand drin wäre …

KLAUS: Wenn ich erst das Fenster eingeworfen habe, werden wir's schon merken. Erstes, zweites, drittes Fenster … das da ist's. *(nimmt den Schlagball aus der Tasche und beginnt sorgfältig zu zielen)*

KLÄRE: Warte doch noch ein bisschen! Wer weiß, was dann passiert? Ich bin von dem sprechenden Hunde noch so angegriffen, – »Habt ihr Schokolade« … Wart noch bisschen!

KLAUS: Wenn wir wenigstens welche gehabt hätten!

KLÄRE: Ich hätte ihm mein letztes Hemd gegeben.

KLAUS: So blöd bist du nun! Was hätte der Hund mit deinem Hemd angefangen! – Überhaupt Schokolade! Wozu braucht ein Hund Schokolade! Seh ich absolut nicht ein. Wenn er wenigstens Hundekuchen verlangt hätte! – Na, nun mal los! *(holt wieder aus)*

KLÄRE: Klaus!

KLAUS: Hm?

KLÄRE: Wollen wir nicht lieber umkehren? Ich hab eine Mordsangst.

KLAUS: Umkehren? Damit wir dem Hund wieder begegnen?

KLÄRE: Schieß! *(hält sich die Ohren zu)*

KLAUS: *(wirft den Ball, das Fenster zerbricht)*

Eine tiefe STIMME *zählt laut: Eins – zwei – drei! Bei drei werden mit einem Schlage alle Fenster im Hause hell.*

Die Stimme zählt weiter: Vier – fünf – sechs. Bei sechs fliegt das Dach schwebend in die Luft.

Stimme: Sieben – acht – neun. Bei neun klappen alle Fenster auf. Man sieht, an den einzelnen Fenstern verteilt, Vater, Mutter, Altenberg, sonstige Erwachsene.

Stimme: Zehn – elf – zwölf. Bei zwölf springt das Portal auf.

KLAUS: Das funktioniert ja ausgezeichnet! Guck nur, Kläre! Pauline ist auch schon da. Servus, Pauline!

KLÄRE: Und der Papa!

KLAUS: Altenberg auch. Wo die alle herkommen!

KLÄRE: Und das Dach fliegt fort. Wenn's bloß nicht anfängt zu regnen!

KLAUS: Eine urkomische Gegend, nicht?

2. *Auftritt*

Ein Portier, dann noch ein Portier (können in späteren Bildern als »Erwachsene« verwendet werden). Später JACKIE COOGAN, *in seiner früheren bekannten Kleinjungentracht.*

ERSTER PORTIER: *(kommt aus dem Portal und verbeugt sich tief)*

KLAUS: *(dienert höflich)*

KLÄRE: *(macht einen Knicks)*

ERSTER PORTIER: Sie wünschen?

KLAUS: Wir sind herbestellt worden.

ERSTER PORTIER: Einen Moment, bitte. *(verbeugt sich und geht ab. Klaus und Kläre erwidern den Gruß aufs Höflichste.)*

KLAUS: Donnerwetter noch einmal! Sind das aber feine Leute! Man schmeißt ihnen die Fenster kaputt, und da machen sie die herrlichsten Diener und Buckel. Ob ich noch eines entzweiwerfe?

KLÄRE: Untersteh dir's!

KLAUS: *(zeigt auf die Eltern, Altenberg usw.)* Die stehen da, als hätten sie Hunger.

KLÄRE: Muttchen, warum sagst du denn nichts? Wie seid ihr denn hierhergekommen? Wart ihr auch im Schrank?

ALTENBERG: *(legt den Finger vor den Mund)*

KLAUS: Tun die aber wichtig da oben! Vielleicht hat man ihnen auch das Reden verboten? – Du, da kommt noch so ein feiner Kerl an.

KLÄRE: Oh, der sieht ja noch viel schöner aus.

ZWEITER PORTIER: Von wem, wenn ich fragen darf, sind die Herrschaften herbestellt worden? *(vorher wieder feierliche Begrüßung)*

KLAUS: Welche Herrschaften meint der denn?

KLÄRE: Uns natürlich.

KLAUS: Aha! – Die Herrschaften sind, wenn ich antworten darf, vom Gabelsberger Sender herbestellt worden.

ZWEITER PORTIER: Es hat seine Richtigkeit, meine Herrschaften. Einen Moment, bitte! *(unter wechselseitigen Verbeugungen ab)*

KLAUS: Herrschaften, Herrschaften, ist das eine noble Gegend! Die wissen sich aber zu benehmen. Dafür, dass man Fenster zerhaut! – Wie wären die erst, wenn wir geklingelt hätten! – Hoffentlich laden sie uns nicht zum Essen ein. So fein kann ich bestimmt nicht essen, wie's hier verlangt wird.

KLÄRE: Was nur die Eltern hier suchen? Und warum sie gar nicht mit uns sprechen? – Ich hab schon wieder eine grässliche Angst. Wir sollten doch zu Bett gehn, und nun erwischen sie uns hier!

KLAUS: Reg dich nicht auf. Sie haben uns ja auch verkohlt. Pauline wollte mit Bongardt ins Theater gehn, und Vater in die Harmonie – und nun stehn beide in der Fasanenstraße 117 am Fenster. – Ich will nur noch mal rufen. Halloh! Wie kommt ihr denn hierher?

VATER: Keine Ahnung, mein Junge.

KLÄRE: Du wolltest doch in die Harmonie gehen, Papa!

VATER: Eigentlich ja. Aber plötzlich war ich eben hier.

KLAUS: Eine tolle Kiste! – Mama, wie kommst du denn hierher?

MUTTER: Ich weiß es auch nicht.

KLAUS: Soso. Sag mal, hast du einen Schirm mit?

MUTTER: Warum denn, mein Kind?

KLAUS: *(zu Kläre:)* Direkt reizend ist sie. *(laut:)* Weil doch das Dach fort ist. Wenn's nun regnet!

MUTTER: Mein schönes Kleid! Wer kann mir einen Schirm borgen?

KLÄRE: Es wird schon nicht regnen, Mama. – Tag, Altenberg!

ALTENBERG: *(legt wieder den Finger an den Mund. Die Eltern auch.)*

JACKIE COOGAN *tritt aus dem Hause.*

JACKIE: Guten Tag, liebe Mitkinder! *(schüttelt ihnen derb die Hand)*

KLAUS: *(ganz begeistert)* Riesig erfreut, dich kennen zu lernen!

JACKIE: Ganz auf meiner Seite. Küss die Hand, Kläre!

KLÄRE: *(etwas verlegen)* Guten Tag, Jackie. *(knickst)*

JACKIE: Na, da könnten wir ja eigentlich anfangen. Wir haben nämlich nur noch auf euch zwei gewartet.

KLAUS: Anfangen? Womit denn?

JACKIE: Wir drehen einen neuen Film. Wird eine große Sache.

KLAUS: Und da sollen wir wohl gar mitspielen?

JACKIE: Versteht sich. Sogar die Hauptrollen.

KLAUS: Hurra, hurra! *(fängt an, vor Freude zu springen)*

JACKIE: Freu dich nur nicht zu früh. Filmen strengt riesig an.

KLAUS: Du spielst wohl gar nicht gerne Kino?

JACKIE: Mir hängt's schon zum Halse heraus, kann ich dir sagen.

KLÄRE: Da hör doch damit auf.

JACKIE: Geht nicht. Ich muss Geld machen. Viel Geld. Um meine Lehrer zu bezahlen, und meine Sekretäre. Und die Autos und den Haushalt und Taschengeld für die Eltern.

KLAUS: Du siehst aber immer im Film so aus, als ob dir's ein Hauptvergnügen machte.

JACKIE: Das ist ja eben das Schwere.

KLÄRE: Und weinen kannst du großartig. Ich hab jedes Mal mitweinen müssen.

JACKIE: Sehr erfreut.

KLAUS: Sind unsre Rollen schwer? Ich hab noch nie gespielt. Nur geübt. Ich kann am Hause entlangklettern und auf dem Kopfe stehen, und reiten kann ich auch schon ein bisschen.

JACKIE: Das wirst du alles nicht brauchen. Du spielst einen Bankdirektor.

KLÄRE: Einen Bankdirektor? Aber er kann ja nicht mal richtig rechnen!

JACKIE: Das macht bei uns gar nichts. Und überhaupt, ob ein Bankdirektor rechnen kann, ist ganz nebensächlich.

KLAUS: Soso, da wird's vielleicht gehen. Aber lieber würde ich an Häusern langklettern und von Brücken runterspringen, weißt du.

JACKIE: Was man lieber will, darauf kommt's beim Film absolut nicht an.

KLAUS: Was du sagst! Das hab ich mir auch anders gedacht. Und wie soll denn das Stück heißen?

JACKIE: Das wird euch dann Chaplin gleich erzählen.

BEIDE KINDER: Chaplin?

JACKIE: Na freilich! Kommt nur jetzt mit ins Haus! *(zum Hause hin)* Weg von den Fenstern!

DIE ELTERN USW. *(winken den Kindern zu und treten rückwärts ins Hausinnere)*

KLÄRE: Spielen denn unsre Eltern auch mit?

JACKIE: Das werdet ihr alles gleich zu hören bekommen.
KLAUS: Also hoppla! Rin in die Bude!

Alle drei gehen durchs Portal ins Haus. Man hört noch Kläre zu Jackie sagen

KLÄRE: Wir sind da vorhin einem Hunde begegnet …

dann verschwinden sie. Jetzt VERWANDLUNGEN: *Die Hauswand gerät seitlich in Bewegung, in Richtung der linken Kulisse. Die Bogenlampe verbeugt sich an einem Scharnier in halber Höhe. Langsam schließ sich, unter Lichtwechsel, der Bühnenausschnitt.*

3. Bild

Vater wird elektrisiert

Ein großer, wenig möblierter Atelierraum, mit Filmrequisiten usw. Immer aber ist darauf zu achten, dass die Ausstattung kindlichen Durchschnittsvorstellungen eher entsprechen muss als realistischen Forderungen. – Im Hintergrunde eine Reihe Umkleidekabinen.

1. Auftritt

KLAUS *und* KLÄRE *in Klubsesseln. Zwischen ihnen* CHARLIE CHAPLIN, *gleichfalls sitzend.* ALTENBERG *steht an einem Tisch und faltet sorgenvoll ein großes Stück Zeitungspapier auf jede erdenkliche Art und Weise.* JACKIE *steht dabei und sieht ihm zu. Chaplin im bekannten Kostüm.*

CHAPLIN: Jackie!

JACKIE: Charlie?

CHAPLIN: Kann er's denn?

JACKIE: Er hat keine blasse Ahnung.

ALTENBERG: Das ist eine äußerst schwierige Sache …

JACKIE: Mensch, bist du dämlich! Gib her! Den Anfang will ich dir zeigen. Pass auf! So – so – so – und nun mach weiter!

KLÄRE: Jackie, du musst nicht so grob zu Altenberg sein. Er ist ein riesig netter Kerl.

KLAUS: *(ist aufgesprungen und will A. helfen)*

JACKIE: *(zu Klaus:)* Geh auf deinen Platz!

KLAUS: *(bittend zu Chaplin:)* Charlie, er braucht ihn doch aber nicht zu schikanieren!

CHAPLIN: Setz dich hin. Lass ihn nur machen! Die Großen müssen sich wieder zu benehmen lernen. Lachen können sie nicht mehr. Spielen können sie nicht mehr.

Freuen können sie sich nicht mehr. Und Traurigsein, das haben sie auch verlernt. Alles Wichtige haben sie vergessen. Das geht so nicht weiter.

JACKIE: Wir müssen sie eben mal gründlich in die Kur nehmen.

CHAPLIN: Lauter Unsinn treiben sie. Grade das Geldverdienen verstehen sie noch allenfalls. Übrigens auch nicht alle.

JACKIE: Und Geldausgeben.

CHAPLIN: Beim Verdienen schwitzen sie. Und beim Ausgeben wieder. Es fehlt ihnen am sechsten, am leichten Sinn.

KLAUS: Also wie du reden kannst, Charlie!

KLÄRE: Er ärgert sich eben.

KLAUS: Wir haben uns ja auch schon manchmal über die Eltern geärgert ...

JACKIE: Deswegen haben wir euch doch herbestellt!

KLAUS: Aber woher habt ihr denn das gewusst?

CHAPLIN: Sei nicht so neugierig, Klaus! Das ist unser Geheimnis.

ALTENBERG: Meine Herren – ich kann's nicht!

JACKIE: Er kann keine Mütze aus Papier machen! Schäm dich was!

CHAPLIN: Jackie, frag ihn mal, wann die Schlacht bei Zama war.

JACKIE: Wann wer war?

CHAPLIN: Die Schlacht bei Zama.

JACKIE: Hast du gehört? Wann war die Schlacht bei Zama?

ALTENBERG: Im Jahre 202.

CHAPLIN: *(springt auf und hüpft aufgeregt herum)* Siehst du, das weiß er natürlich! Was nützt dir das denn, du alter Knabe, he? *(setzt ihm das Stöckchen auf die Brust)*

ALTENBERG: Nichts. Gar nichts.

JACKIE: Und Papiermützen kannst du nicht machen. Aber das ist gerade das Wichtige.

ALTENBERG: Ich glaub's ja gerne und will alles lernen, was ihr wollt. Es macht mir, offen gestanden, Spaß.

JACKIE: Oh, das ist gänzlich überflüssig.

KLÄRE: Sei doch nicht so böse zu ihm!

CHAPLIN: *(bringt Kreisel und Peitsche)* Hier, Verehrter, kreisle uns mal was vor! Dreimal um den Tisch genügt.

ALTENBERG: Keinen Schimmer!

JACKIE: Mach keine Ausreden! Hopp!

ALTENBERG: *(fängt also an zu kreiseln. Es misslingt ihm andauernd. Die andern lachen.)*

KLAUS: Charlie, hör mal, muss meine Mutter auch kreiseln?

CHAPLIN: Selbstverständlich! Sie müssen wieder wie die Kinder werden.

KLÄRE: Das steht doch in der Bibel?

CHAPLIN: *(kommt auf sie zugerudert und gibt ihr einen Kuss)* Wenn das in der Bibel steht, so ist sie ein ausgezeichnetes Buch.

ALTENBERG: Jawohl, es steht drin.

JACKIE: *(zu Altenberg:)* Geh dich umziehen! In Kabine 8.

KLÄRE: Umziehen soll er sich?

JACKIE: Richtig. Und sei nicht so neugierig!

ALTENBERG: *(legt Peitsche und Kreisel hin und geht in Kabine 8. Man hört ihn lachen.)*

JACKIE: *(reißt wütend die Türe auf)* Du lachst uns wohl auch noch aus?

ALTENB.'S STIMME: Aber wer wird denn! Ich amüsiere mich über mein Kostüm. Es ist zu drollig.

CHAPLIN: *(zu Jackie:)* Dagegen kann man nichts einwenden.

JACKIE: Also, dann lach weiter!

ALTENBERG: Vielen Dank, aber es ist nicht mehr nötig.

JACKIE: *(zu den andern:)* Ein furchtbar widerspenstiger Mensch.

KLÄRE: Da irrst du dich aber ganz gewaltig.

KLAUS: Er ist bestimmt der Netteste von allen Großen, die wir kennen.

JACKIE: So? Das kann ja dann noch gut werden.

CHAPLIN: Sind denn die andern noch nicht bald fertig?

2. *Auftritt*

Der VATER *kommt aufgeregt aus einer der Kabinen gestürzt, in kurzen Samthöschen; Hemdbluse mit weißem Etonkragen. Die dazu bestimmte bunte Schleife schwingt er in der Hand.*

VATER: Ich mache einfach nicht mehr mit! Das geht entschieden zu weit! Das kann man einem Bankdirektor unter keinen Umständen zumuten!!

JACKIE: Du bist doch nicht in deinem Büro! Ruhig!!

VATER: *(bindet den Kragen wieder ab:)* Halt den Schnabel, du frecher Filmbengel! Ich fahre nach Hause! Wo ist mein Wagen? Und meine Kinder nehme ich auch mit!!

CHAPLIN: *(pfeift)*

JACKIE: *(drückt auf einen Knopf an der Wand. Von oben sinkt eine Schaukel herunter. Der Vater bemerkt es nicht. Chaplin drückt sich mit ulkigen Gesten an den Vater, bis dieser mit dem Rücken an der Schaukel lehnt. Chaplin stößt ihn darauf.)*

VATER: *(kommt zu sitzen, hält sich fest. Jackie schaltet erneut, und die Schaukel geht samt Papa in die Höhe.)* Das ist ja Freiheitsberaubung! Ich opponiere aufs Entschiedenste!

CHAPLIN: Einen geeigneteren Ort zur Opposition konntest du dir gar nicht aussuchen.

VATER: Sie lächerlicher Zwerg, Sie!

CHAPLIN: Menschen, die Spaß verstehen, werden niemals lächerlich. Aber Direktoren in Kinderhöschen …

VATER: Ich spring herunter!! *(strampelt)*

JACKIE: Das ist das Gescheiteste, was du machen kannst.

KLÄRE: Papa, lieber Papa, bleib doch oben!

VATER: Aber nur dir zuliebe, mein Kind!

CHAPLIN: *(lacht und fängt an zu kreiseln. Zu Jackie:)* Nimm ihn in Behandlung!

KLÄRE: Du, Klaus, ob das nun wirklich unser Vater ist oder bloß eine Einbildung von uns?

KLAUS: Ich weiß nicht. Zwick mich mal!

KLÄRE: *(kneift ihn)*

KLAUS: Au, au, du bist ja albern!

ALTENB'S STIMME: Klaus! Klaus!

KLAUS: Ja? Was ist denn los, Altenberg?

ALTENBERG: Hilf mir doch mal bei den Hosenträgern!

KLAUS: Du kannst aber auch gar nichts! *(ab in Kabine 8)*

JACKIE: Bankdirektorchen, binde dir deinen Kragen wieder um!

VATER: Ich denke ja gar nicht dran!

JACKIE: Hast du dir schon mal angesehen, woran die Schaukel aufgehängt ist?

VATER: Es scheint Draht zu sein.

JACKIE: Das *ist* Draht.

CHAPLIN: Das ist sogar, genau genommen, Draht, durch den man Elektrizität senden kann.

JACKIE: Direktorchen, sollen wir's mal machen?

CHAPLIN: *(kreiselt noch immer und haut Jackie eins über)* Los!

JACKIE: *(dreht einen Schalthebel)*

VATER: Verflixt nochmal!

CHAPLIN: Merkst du was?

JACKIE: Da wollen wir ihn mal mit Elektrizität laden, bis er rot anläuft.

KLÄRE: Lass das doch sein, bitte.

JACKIE: Seinen Kragen soll er umbinden!

VATER: Nein, du Lümmel! ... Au, au, au!!

KLÄRE: Vater, bind ihn doch um.

VATER: Jaja, ich bind ihn um, mein Kind.

JACKIE: *(stellt den Hebel still. Der Vater würgt mühsam Kragen und Krawatte um den Hals. Hat Mühe, Balance zu halten.)*

CHAPLIN: *(vor einer Kabinentür)* Bist du fertig, Madame? *(Er klinkt. Die Tür öffnet sich, Chaplin bezieht eine Ohrfeige und schreit:)* Was ich mit Frauen für Pech habe!

3. Auftritt

Die MUTTER *tritt aus der Kabine: kurzes Kleidchen, Wadenstrümpfe, Schleife im Bubikopf. Fertig wie zum Bösen-Buben-Ball.*

MUTTER: *(zu Chaplin:)* Ich bin fertig, wenn mir's passt.

CHAPLIN: Besser als gar nicht!

KLÄRE: Nett siehst du aus, Mama. Wie ein kleines Kind!

MUTTER: So? Gefall ich euch?

CHAPLIN: *(durch ein Megaphon)* Ganz allerliebst!

JACKIE: *(kommt mit Stock und Reifen)* So, nun spiel ein bisschen!

MUTTER: Was fällt dir denn eigentlich ein? Du denkst, weil ich hier einen Kostümball mitmache, darfst du frech werden?

KLÄRE: Aber Muttchen, das ist doch kein Kostümball! Folge ihm nur ja! Sonst wirst du bestraft wie der Papa.

MUTTER: Wo ist er denn überhaupt?

VATER: Pauline!

MUTTER: Ach du gerechter Vater! Wie kommst du denn da hinauf?

VATER: Freiwillig nicht.

MUTTER: Das kann ich mir denken.

CHAPLIN: Er sieht nach, ob die Kurse steigen.

JACKIE: Direktor, schaukle ein bisschen!

VATER: Ich bin doch nicht blöd!

CHAPLIN: Doch, doch, gerade deshalb!

JACKIE: Direktor, schaukle!

VATER: Nicht im Traum!

JACKIE: *(geht langsam zum Schalter)* Da müssen wir dich eben noch einmal elektrisch kochen. Du bist, scheint's, noch nicht mürbe genug.

VATER: Lass sein! *(fängt an zu schaukeln)*

JACKIE: Na siehst du! Muss ich denn immer erst mit Strafe drohen? Ich wäre froh, wenn ich schaukeln dürfte. Aber stattdessen muss ich Geld verdienen. Bei mir zu Hause ist es so: ich arbeite und die Eltern spielen.

KLÄRE: Macht ihnen das denn Spaß?

JACKIE: Anscheinend mehr Spaß als die Arbeit. – Doch, es kommt im Leben niemals darauf an, ob einem etwas Spaß macht …

KLÄRE: Nein? Das ist aber sehr schade.

JACKIE: Das wirst du auch noch lernen. *(zur Mutter:)* Du sollst mit dem Reifen spielen!

MUTTER: Ich sehe gar nicht ein, warum!

CHAPLIN: *(zu Kläre:)* Hat sie dir gesagt, warum du mit Dorothee nicht auf den Jahrmarkt dürftest?

KLÄRE: Nein, sie sagte nur: Ich will es so, und damit basta!

CHAPLIN: Also los, schöne Frau! Wir wollen es so, und damit basta!

KLÄRE: Mutti, tu's nur! Sonst elektrisiert dich Jackie. Papa wollte auch erst nicht.

VATER: Pauline, stehe kopf, wenn sie es wünschen! Lass dich bloß nicht hierherauf transportieren!

MUTTER: Meinetwegen!

JACKIE: Gar nicht deinetwegen. Unsertwegen!

MUTTER: *(zuckt die Achseln und fängt langsam an, den Reifen zu treiben, es fällt ihr schwer und misslingt zuweilen)*

JACKIE: Schneller, schneller!

MUTTER: *(ist sehr bei der Sache, rennt rundum)*

CHAPLIN: *(tut so, als wolle er sie stören, tollpatscht dazwischen)*

4. *Auftritt*

ALTENBERG *in Kinderkleidern und* KLAUS.
Beide schlagen vor Vergnügen in die Hände.

KLAUS: Nein, die Mama! Großartig!

ALTENBERG: Das ist gewiss der einzige Sport, den Sie bis heute noch nicht betrieben hatten, gnädige Frau!

JACKIE: Die Erwachsenen sind verpflichtet, du zueinander zu sagen.

ALTENBERG: Einverstanden.

MUTTER: Das auch noch?

ALTENBERG: Aber das tut doch nichts, Pauline.

MUTTER: *(hat mit Reifenspielen aufgehört)* Na also schön!

KLAUS UND KLÄRE: *(freuen sich über den Rummel und hopsen lebhaft herum. Klaus wirft seinen Schlagball zum Vater hinauf. Der wirft ihn zurück usw.)*

JACKIE: *(zu den Kindern:)* Wollt ihr gleich ruhig sein und euch anständig betragen? Ihr benehmt euch ja geradezu wie Erwachsene! Pfui! – Ihr müsst ernst herumstehen und wichtigtun, als hättet ihr Rohrstöcke verschluckt.

KLÄRE: Lachen dürfen wir auch nicht mehr?

JACKIE: Doch, doch. Nur nicht so oft. Sonst büßen die Erwachsenen den Respekt vor uns ein. Wenn ihr lächeln könnt – das ist immer erlaubt. *(zum Vater:)* Spring runter von deiner Schaukel!

VATER: Niemals! Da bräche ich ja sämtliche Knochen.

CHAPLIN: Leiere ihn langsam wieder herunter!

JACKIE: So ein Angsthase! *(er lässt ihn herab)*

CHAPLIN: *(setzt sich wieder in den Sessel; ruft Klaus und Kläre auf die Plätze)*

JACKIE: Pauline, hör zu! Was machst du, wenn einer Puppe der Kopf abgeht?

MUTTER: Ganz einfach, ich bring ihn ins Geschäft und lass ihn wieder dranmachen.

JACKIE: So siehst du aus! *(zu Chaplin:)* Hat man einen Ärger mit diesen Erwachsenen! Nichts, gar nichts wissen sie.

(zu den anderen Großen:) Weiß es jemand? – O ihr … *(läuft wütend hin und her)* Kläre! Sag's ihnen!

KLÄRE: Ich werd ihn selber wahrscheinlich nicht drankriegen, aber ich werde eben tun, als ob der Kopf noch dran wäre.

CHAPLIN: *(klatscht Beifall)*

JACKIE: Na, seht ihr nun, wie dumm ihr seid?

ALTENBERG: Jaja, wir werden hier sicher eine ganze Menge lernen.

MUTTER: Mein Gott, ich spiele doch schließlich nicht mehr mit Puppen!

CHAPLIN: Aber dein Kind! – *(empört)* Ihr seid freilich keine Kinder mehr, doch ihr habt welche!

MUTTER: Brüll nur nicht gleich so!

CHAPLIN: Na ja, ist doch wahr! Da soll man sich nun nicht ärgern.

ALTENBERG: Bisschen Schimpfen ist immer gesund.

JACKIE: Halt deinen vorlauten Mund, alter Herr! Und jetzt hört mal alle gut zu! Wir drehen also einen Film, in dem ihr zur Schule gehen müsst, ihr Großen, und Spiele spielen und aufs Wort parieren. Und die Kinder geben euch Unterricht und verdienen das Geld.

VATER: Das kann ja heiter werden.

JACKIE: Unterbrich mich nicht, sonst wirst du wieder ein bisschen gekocht. – Wir haben noch ein paar andre Kinder und Große hinzuengagiert. Ihr aber spielt die Hauptrollen, weil ihr euch so gut eignet.

MUTTER: Das möcht ich bezweifeln.

JACKIE: *(sieht sie nur drohend an)*

MUTTER: Na ja, ich sage kein Wort mehr.

JACKIE: Das will ich dir auch geraten haben. – Ihr habt Klaus und Kläre zu folgen, und mir selbstverständlich. Jede Widerrede und Ungezogenheit wird bestraft. Zensuren gibt's auch. Und Nachsitzen. Und Strafarbeiten.

KLÄRE: Jackie – in Filmen wird doch aber nicht gesprochen?

JACKIE: Was denkst du denn, was die Filmschauspieler tun, sooft sie den Mund aufreißen? Man hört's bloß nicht.

CHAPLIN: Außerdem ist auch der Sprechfilm fast erfunden. Da werdet ihr's auch hören können.

JACKIE: Klaus wird Bankdirektor.

VATER: *(will verzweifeln)*

JACKIE: Kläre besucht ihre Freundinnen. Das ist ja alles furchtbar einfach; viel leichter als Kindsein. Wir wollen durch den Film zeigen, dass viele Eltern ihre Kinder falsch erziehen und dass es besser wäre, manche Eltern würden von ihren Kindern erzogen. Wir wollen zeigen, dass die Kinder leichter zu Erwachsenen werden können als die Erwachsenen zu Kindern. Und das heißt: Wir wollen zeigen, dass die Eltern sich viel mehr Mühe geben müssten, wenn sie ihre Kinder richtig begreifen und erziehen wollten. – Chaplin führt die Regie des Films. Was er verlangt, das wird gemacht. Er ist ein Kind wie wir und versteht deshalb den Kram.

VATER: Ich muss doch aber in meine Bank!

JACKIE: *(lacht)* Er denkt, man vermisst ihn! So ein eingebildeter Mensch! – Merk dir: niemand ist unentbehrlich. Außer als Vater oder Mutter. Aber gerade da hieltet ihr euch für abkömmlich! ... Hat noch jemand eine Frage?

KLAUS: Jackie, ich versteh doch aber nichts von Bankgeschäften.

JACKIE: Wie oft willst du mir das denn noch erzählen! Es ist nicht nötig, sag ich dir!

KLÄRE: Müssen wir uns auch umziehen?

JACKIE: Selbstverständlich!

KLÄRE: Au, das ist fein!

ALTENBERG: Und wie soll denn der Film heißen?

JACKIE: Das ist noch nicht ganz sicher. Aber vielleicht weiß es der Regisseur. Er wird euch auch noch eure Rolle näher erläutern. – Charlie, wie soll der Film heißen?

CHAPLIN: *(nimmt das Megaphon und ruft, während sich die Bühne verdunkelt und schließt, in den Zuschauerraum hinunter:)* »Die Schule der Erwachsenen«!

4. Bild

Keiner bringt die Bauchwelle

Ein Stück Turnhalle mit mancherlei üblichem Gerät und mit Bänken an der hinteren Wand. Großes Fenster nach dem Garten.

Kleiner Regievorschlag: Solange Chaplin NICHT *mit dem Megaphon auf der Bühne steht und den »Film« korrigiert, erscheint ein unaufdringliches leises Kurbelgeräusch (die Operation markierend) nicht unangebracht.*

1. *Auftritt*

Der VATER, *die* MUTTER, ALTENBERG *und – soweit Theaterpersonal und Ausstattungsbedürfnis es gestatten – eine Zahl anderer* ERWACHSENER, *die statieren. Alle in mehr oder minder vollständigem Turnkostüm. Es empfiehlt sich natürlich, schon figürlich für Komik zu sorgen. Je dicker und dürrer, umso besser.*

VATER: *(setzt sich mühselig und stöhnt)* Mir ist grade, als hätte mich ein Autobus überfahren. Au, au! Ich bin sicherlich sterbenskrank …

ALTENBERG: Sie haben sich – du hast dich vorhin bei dem 100-Meter-Lauf überanstrengt, lieber Direktor.

VATER: Direktor sagt der Mensch! Au! Auch das noch!

MUTTER: Er wollte natürlich den ersten Preis kriegen. Er ist immer so ehrgeizig.

VATER: Sei ruhig! – Wissen Sie, weißt du: ich kam bei dem Start schlecht ab. Sonst hätte ich dich *(zu einem Statisten)* spielend geschlagen.

ERSTER HERR: Mir tun alle Knochen weh! Wenn man bloß ins Bett dürfte! Man darf aber nicht!

ERSTE DAME: Wie mir mein tägliches Mittagsschläfchen fehlt!

ALTENBERG: Man gewöhnt sich. – Wir haben alle bisschen das Muskelfieber. Wenn wir's erst gewöhnt sein werden, macht uns auch ein Sechstagerennen nichts mehr aus.

VATER: Na erlauben Sie mal! – Nee, ich lass mich vom Turnen dispensieren. Ich sag dem Schularzt, ich wär im Wachsen. Mir bekommt das Turnen nicht.

ERSTER HERR: Das legt sich. Und Dispens gibt's nur bei wirklichen Krankheiten. Faulheit sei keine Krankheit, sagt der Arzt.

VATER: Nun hören Sie aber auf! Selbstverständlich ist Faulheit eine Krankheit!

MUTTER: Bei manchen sogar eine unheilbare.

VATER: Ruhig sollst du sein!! – Nein und kurz und gut: Ich decke mich nachts auf. Da werd ich schon krank werden. Das wäre ja gelacht!

ZWEITER HERR: Auf der Börse hat's gestern einen schwarzen Tag gegeben. Ich hörte, wie es mein Sohn seiner Schwester erzählte.

VATER: Es ist gar nicht auszudenken! Ist Ihr Säugling auch Bankdirektor? Nein? Seien Sie froh! Pardon, sei froh, wollte ich sagen.

ALTENBERG: Sie trauen den Kindern zu wenig zu! Wenn die den Börsenrummel nicht schon verstünden, hätte es natürlich den schwarzen Tag nicht gegeben!

VATER: Ich hatte paar Termingeschäfte in Aktien laufen. Das wird eine fette Pleite geworden sein!

ERSTER HERR: Das geht uns jetzt nichts an.

VATER: Sie haben gut reden! Sie sind Beamter! – Nein, ich

lass mich hier nicht mehr wie ein dummer Junge behandeln!

MUTTER: Es steht dir aber gut, mein Lieber!

VATER: Dumme Witze! Wenn du deinen wiesengrünen Sohn Klaus ums Geld fürs Kino betteln musst, bist du auch nicht entzückt.

ZWEITE DAME: Meine Tochter hat mich gestern Abend um sechs ins Bett geschickt. *(weint)*

ERSTER HERR: So? Warum denn?

ZWEITE DAME: Ich hatte nicht gefolgt. *(weint weiter)*

ALTENBERG: Was hatten Sie – was hattest du denn angestellt?

ZWEITER HERR: Geschah meiner Frau ganz recht. Früh, wenn sie geweckt wird, will sie aus dem Bett. Das hat sie sich abgewöhnt, als wir noch richtige Eltern waren. Da schlief sie regelmäßig bis Mittag. Die Kinder standen früh auf und wurden vom Dienstmädchen abgefüttert. Nachmittags ging sie spazieren, traf Bekannte – bloß ihre eigenen Kinder traf sie nie. Wenn sie nach Haus kam, lagen die schon wieder im Bett!

VATER: Bravo! Genau wie meine Frau! Ich werde dem Klaus sagen, er soll sie auch um sechs ins Bett schicken!

MUTTER: Dich aber mit!

VATER: Zur Strafe, was?

MUTTER: Na, die Kinder sollen es sich nur wagen!

ERSTER HERR: Was wollen Sie dagegen tun? Sie behandeln dich elektrisch, bis du ganz klein wirst.

MUTTER: Solche Zustände! Und das lassen wir uns gefallen! Pfui Teufel. Ich mache nicht mehr mit! *(haut mit einer Turnkeule gegen Reckstangen und Barren. Die andern sind ziemlich ängstlich und im folgenden Auftritt schadenfroh.)*

2. *Auftritt*

JACKIE COOGAN *kommt leise in die Halle und sieht stumm zu. Alle andern, außer der Mutter, die ihn nicht bemerkt, stellen sich in Reih und Glied, nach der Größe, auf.*

JACKIE: Pauline!

MUTTER: *(fährt zusammen, dreht sich um, versteckt die Keulen hinterm Rücken)*

JACKIE: Was machst du da?

MUTTER: Ich will nicht mehr folgen! Ich will nicht so früh ins Bett! Ich will nicht mehr jeden Tag Pudding essen! Ich will nicht mehr mit Puppen spielen! Ich will nicht mit im Ballett tanzen! Ich will wieder nach Hause!

CHAPLIN: *(springt aus der Kulisse)* Halt!! *(das leise Kurbelgeräusch hört jetzt, und in späteren ähnlichen Fällen, auf, bis Ch. wieder weg ist)* Halt!! Was ist das denn für eine alberne Deklamation, Pauline! Mehr Bewegung! Mehr Paprika in die Knochen! Du bist ja aus Lavendelflammeri! Wie vom Schlag gerührt betet sie ihren Spruch her! Zum Schnurrbartherausreißen! So musst du's machen! *(deutet mit Gesten an)* Ich will nicht immer im Pudding herumtanzen! Ich will nicht mit meinen Puppen ins Bett gehen! Los! Noch einmal! Und wenn du's hundertmal probierst! Ich hab Zeit! Verstanden? *(ab in die Kulisse)*

MUTTER: *(wiederholt ihre Empörungsrede, Ch. imitierend)*

JACKIE: Soso, du willst nach Hause. Jetzt nimm dir erst mal eine zweite Keule dazu! Und stell dich in die Ecke!

MUTTER: *(befolgt die Befehle)*

JACKIE: Linksum kehrt! Die Arme – streckt!

MUTTER: *(steht jetzt mit dem Rücken zum Publikum; Keulen seitlich. Mitunter versagen ihr die Kräfte; lässt die Arme sinken. Aber Jackie hilft stets nach.)*

JACKIE: So, Paulinchen, wir werden dir das Meutern schon abgewöhnen. – Die andern … ganze Abteilung links – um! Zur Aufstellung hinter dem Reck – ganze Abteilung – vorwärts – marsch! – Abteilung – haaalt! Wir üben jetzt die Bauchwelle. Wer will sie vorturnen? Nicht so viele auf einmal! – Na, da muss ich einen bestimmen. Altenberg! Marsch ans Reck!

ALTENBERG: Ich kann so was bestimmt nicht. Ich war früher schon furchtbar schlecht im Turnen.

JACKIE: In welchem Fach hast du schon was getaugt! Vorwärts! Geh in Stütz! So – und jetzt die Bauchwelle!

ALTENBERG: Ich trau mich nicht. Mit dem Kopf vornüber?

JACKIE: Ganz recht. Aber bisschen plötzlich! – Soll ich dir wohl Beine machen?

ALTENBERG: Also Gott befohlen! *(lässt sich vornüberfallen, bleibt auf dem Bauch liegen, kommt weder hoch noch runter)*

JACKIE: *(haut ihm eins hintendrauf)*

ALTENBERG: *(wagt sich sorgfältig auf die Beine)* Na, da ging's ja doch noch!

JACKIE: Abscheulich sah's aus! Man könnte dabei an der Menschheit verzweifeln. So was von einer unbegabten Generation! Zum Heulen. – Na tritt ab! – Ganze Abteilung – wer nicht ans Reck gerufen ist, macht Freiübungen!

ALLE ERWACHSENEN: *(machen in buntem Durcheinander Freiübungen)*

JACKIE: Pauline, komm her!

MUTTER: *(stellt die Keulen hin, reibt sich die Arme und kommt)*

JACKIE: Bisschen plötzlicher! Allons! Mach die Bauchwelle!

MUTTER: *(kommt trotz großer Mühe nicht in Stütz)* Ich komme nicht mal rauf.

JACKIE: Hol die Leiter!

MUTTER: *(holt einen Tritt, klettert hoch. Die andern lachen. Jackie zieht den Tritt wieder weg.)*

VATER: *(hebt die Hand)*

JACKIE: Was willst du?

VATER: Ich muss mal raus.

JACKIE: Du willst ja doch nur Zigaretten rauchen.

VATER: Nein, nicht nur. Es ist höchste Zeit.

JACKIE: Gib die Streichhölzer her!

VATER: Da!

JACKIE: Nun geh! Und bleib nicht so lange!

VATER: *(ab)*

JACKIE: *(zur Mutter)* Wie lange willst du noch da oben hängen?

MUTTER: Ich warte nur aufs Kommando.

JACKIE: Also vorwärts!

MUTTER: *(versucht's, fällt aber nur runter, nimmt den Tritt, klettert wieder hoch)*

JACKIE: Warte, bitte, nicht wieder aufs Kommando! – Wird's bald?

MUTTER: Mir wird ja sooo schwindlig! Hat jemand Eau de Cologne?

JACKIE: Stell dich wieder in die Ecke!! Marsch! Keulen hoch!

MUTTER: *(begibt sich auf ihren Platz am Fenster)* Mein Mann raucht draußen Zigaretten.

JACKIE: Alte Klatschbase du! Den eignen Mann zu verpetzen! Willst du gleich die Arme richtig halten? Faul, vorlaut und gefräßig!

Von draußen hört man Autohupen.

JACKIE: *(sieht an die Uhr)* Aufhören mit Freiübungen! Antreten! Die Augen – links! Richtet euch! Die Augen – gerade ... aus!

3. Auftritt

Der VATER *kommt wieder herein. Tritt in Reih und Glied. Später* KLAUS, KLÄRE *und* ANDERE KINDER. *Alle in Erwachsenentracht, mit Aktenmappen, Autobrillen usw. Geschäftig und eilig.*

JACKIE: Rührt euch! *(zu den Kindern:)* Ihr wollt eure Eltern abholen? – Schöne Sorte!!

KLAUS: Haben sie nicht gefolgt?

JACKIE: *(zeigt auf die Mutter:)* Sie wollte meutern. *(zeigt auf den Vater:)* Er sagte, er müsse mal raus, und draußen rauchte er Zigaretten.

VATER: Das ist nicht wahr!

MUTTER: Ich hab's ja aber mit eigenen Augen gesehen!

KLÄRE: Aber Papa, du lügst doch!

KLAUS: Und Pauline klatscht!

JACKIE: Steh ruhig, Altenberg! Brust raus, Frieda! Ernst, Hacken zusammen!

KLAUS: Was können sie?

JACKIE: Von Turnen natürlich keine Ahnung.

KLAUS: Und in den anderen Fächern?

JACKIE: Kaum genügend. Dein Vater rechnet wie ein blindes Pferd. Und Pauline deklamiert, dass einem schlecht wird.

KLAUS: Ich glaub dir's. Wie macht sich Altenberg?

JACKIE: Er hat wenigstens den guten Willen.

KLÄRE: Das freut uns. Wird er versetzt werden?

JACKIE: Ich denke schon. Bei euerm Vater ist es aber sehr fraglich.

KLAUS: Nichts wie Sorgen!

KLÄRE: Was macht Fanny?

JACKIE: Fehlt entschuldigt. Sie hat gestern ein Kind bekommen. Einen Jungen.

KLÄRE: Oh, da muss ich sie aber heut Nachmittag gleich besuchen!

JACKIE: Na, und wie gehen die Geschäfte?

KLAUS: Der schwarze Tag an der Börse hat gestern verschiedene Leute ekliges Geld gekostet.

VATER: *(tritt aufgeregt aus der Reihe)* Du hättest früher verkaufen sollen!

KLAUS: Wer hat dich denn gefragt?

VATER: Es ist doch mein gutes Geld!!

KLAUS: Wessen Geld ist das?

VATER: Mein Geld!

KLAUS: Er wird wohl kaum versetzt werden können, scheint mir.

JACKIE: Ganz recht. Er ist unaufmerksam, liest heimlich während des Unterrichts die Börsennachrichten, trinkt unter der Bank Cognac, raucht im Garten, ist störrisch.

MUTTER: *(zu ihrem Mann:)* Da hörst du's!

JACKIE: Sei still! Du bist genauso viel wert! Liest Liebesgeschichten, verklatscht den eigenen Mann und singt Schlager, anstatt ins Lesebuch zu gucken.

KLÄRE: Wollten wir uns nicht eine kleine Schwester bestellen?

KLAUS: Richtig! *(zu Jackie:)* Ordne das, bitte, mal an!

ALTENBERG: *(lacht und erschrickt darüber)*

JACKIE: *(blickt ihn strafend an. Zu den Eltern:)* Habt ihr gehört? Eure Kinder wollen eine kleine Schwester haben. Vergesst nicht, sie sofort zu bestellen!

MUTTER: Ich denke ja gar nicht dran! Nochmal Kleinkinderwirtschaft anfangen!

VATER: Das fehlte gerade noch!

JACKIE: Ihr wollt nicht? Ihr habt einfach zu gehorchen!

VATER: Nein, wir wollen nicht! – Ich will überhaupt ein Gesuch einreichen, dass ich ins Männerheim komme. Ich vertrag mich gar nicht mehr mit ihr.

MUTTER: Und ich reiche auch ein Gesuch ein. Ich will ins Mädchen-Internat! Er ist ein ganz unausstehlicher Kerl!

KLÄRE: *(weint)*

KLAUS: Was? Das ist ja unerhört! Ihr seid unsere Eltern. Und ohne die Einwilligung der Kinder dürft ihr die gemeinsame Wohnung nicht verlassen!

KLÄRE: Papa! Mama! Das geht doch nicht! Wir gehören doch zusammen.

VATER: Ich bestehe aber darauf!

MUTTER: Und ich auch!

JACKIE: Da wird nichts draus! Bildet euch das gar nicht erst ein!

MUTTER: Noch morgen schreib ich mein Gesuch.

VATER: Und ich schon heute.

JACKIE: Da müsst ihr aber, im schlimmsten Falle, vors Kindergericht. Das ist hier anders wie in Wirklichkeit. Dort werden die Kinder überhaupt nicht gefragt, ob sie darunter leiden, dass sich die Eltern trennen. Ihr erhaltet dann eine Vorladung und müsst euch dem Urteil unterwerfen, das wir Kinder fällen werden. Man kann nicht einfach eine Familie gründen und sie dann im Stiche lassen.

ERSTE DAME: Ich möchte aber auch wieder ins Mädchenheim.

ERSTER HERR: Nein, das würde ich niemals zugeben.

ERSTE DAME: Ich reiche auch ein Gesuch ein.

ERSTER HERR: Komm du nur nach Hause!

EIN KLEINES KIND: *(Kind der beiden, weint herzzerbrechend)*

ERSTER HERR: Weine nicht, mein Kind. Sie darf nicht. Das lässt Jackie nicht zu.

JACKIE: Nicht traurig sein, Annemarie! Wir bringen deine Mama schon wieder zur Vernunft.

ERSTE DAME: *(wütend)* Nein, das werdet ihr nicht!

ERSTER HERR: Das brauchst du gar nicht erst so zu betonen.

JACKIE: Stillge-standen!

ALLE ERWACHSENEN: *(stehen stramm)*

JACKIE: Jetzt üben wir nochmals unser Ballett für die Schulfeier! *(zu den Kindern:)* Setzt euch doch und schaut zu!

ZWEITE DAME: Sollen wir unsere Kostüme anziehen?

JACKIE: Nein, dazu haben wir heute keine Zeit mehr. Los, nehmt die Grundstellung ein! *(dreht ein Grammophon an)*

DIE ERWACHSENEN: *(tanzen ein Ballett, das ihnen Gelegenheit gibt, komisch zu wirken. Irgendeine pantomimische Handlung, grotesk aufgezogen. Die Kinder lachen herzlich. Die Erwachsenen schwitzen und verrenken sich mühevoll. Etwas Wigmankarikatur – in der Art der Imitationsschulen.)*

CHAPLIN: *(kommt mit dem Megaphon aus der Kulisse; unterbricht:)* Halt, halt, halt! Da kriegt man ja Leibschneiden! Das soll getanzt sein? Das ist ja Trockenschwimmen! Stellt das Grammophon ab! *(es geschieht)* Ich will's euch mal vortanzen.

KLÄRE: Charlie, dürfen wir mit dir mittanzen?

ERSTES MÄDCHEN: O ja, dürfen wir?

JACKIE: Setzt euch hin. Das schickt sich nicht für Kinder.

ERSTES MÄDCHEN: Och, das ist aber schade.

JACKIE: Ihr vergesst ja ganz, wer ihr seid! Ballетthopsen ist nur für Erwachsene.

CHAPLIN: *(stellt das Grammophon ein und führt ein Tänzchen vor, wobei er sein Stöckchen personifiziert. Mit den ihm eigentümlichen Kapriolen und all seiner rührenden Würde.)* So, und nun die Erwachsenen anschließen! *(eine Weile führt er das Ballett an, dann verschwindet er wieder in den Kulissen. Die Großen tanzen weiter.)*

JACKIE: Schluss! Holt eure Sachen!

Alle Eltern stürzen hinaus in die Garderoben. Lärmend wie rechte Schulklassen.

JACKIE: Nun, wie gefällt euch das?

KLAUS: Man kann von seinen Eltern nicht mehr verlangen.

KLÄRE: Ich finde, Mama ist sehr hübsch gelenkig geworden.

ERSTES MÄDCHEN: Der Altenberg wirkt allerdings furchtbar komisch!

KLAUS: Man darf aber nicht verkennen, dass er sich redlich Mühe gibt.

JACKIE: Bei den meisten ist es schon um vieles besser geworden. Zunächst waren sie steif und albern wie die Böcke.

KLÄRE: Sie sind direkt ein bisschen kindlich geworden. Nicht sehr, natürlich, sonst würden sie ihre Kinder besser verstehen.

KLAUS: Man muss sich Mühe geben, das ist die Hauptsache. Wenn ich mir in der Schule keine Mühe gebe, dann lerne ich auch nichts.

KLÄRE: Das wissen wir zur Genüge.

KLAUS: Jawohl, tu du dich dick, weil du die Erste warst! Hier hat das gar nichts zu sagen. Ich bin auf der Bank sogar sehr tüchtig!

Die Eltern kommen zurück, mit Kinderhüten, Schülermützen, Schulranzen usw.

VATER: Da sind wir!

MUTTER: Nehmt ihr uns im Auto mit?

KLÄRE: Aber sicher, Muttchen!

VATER: Klaus!

KLAUS: Ja?

VATER: Ich möchte gerne rauchen.

KLAUS: Dass du das nicht lassen kannst!

ERSTER HERR: Wenn sie uns das auch noch verbieten würden, spränge ich aus dem Fenster.

ERSTES MÄDCHEN: Wie die kleinen Kinder bist du, Papa.

JACKIE: Sind ja auch welche. Nun macht aber, dass ihr nach Hause kommt! *(Zum 1. Herrn:)* Arthur, du sollst doch eine Stunde nachsitzen!

ERSTES MÄDCHEN: Was?? Schon wieder?

JACKIE: Ja, er schreibt immer ab.

ALTENBERG: Kein Wunder, er war doch früher Schriftsteller!

JACKIE: Er soll sich's aber abgewöhnen! Im deutschen Aufsatz hat er auch wieder die glatte Vier.

ERSTER HERR: Den haben Sie nicht verstanden.

JACKIE: Zum Donnerwetter! Bei uns schreibt man aber so, dass es alle verstehen. Wer nicht so schreiben kann, muss es lernen. Hast du verstanden?

ERSTER HERR: Ich glaube schon.

KLÄRE: Nun wollen wir gehen. Das Essen wird fertig sein. *(zu ein paar Kindern:)* Ihr kommt also heute Abend zu uns! Wir bringen erst die Eltern zu Bett.

KLAUS: Es soll sehr nett werden. *(zu Jackie:)* Darf Onkel Altenberg herüberkommen?

JACKIE: Eigentlich müssen sie diese Woche im Junggesellenheim um acht schlafen gehn. Aber ihm will ich's erlauben.

ALTENBERG: Danke schön!

KLÄRE: Du musst uns wieder was erzählen.

ALTENBERG: Was denn?

ERSTES MÄDCHEN: Irgendwas Schönes!

ALTENBERG: Ich werde mich vorbereiten.

MUTTER: Und wir dürfen nicht aufbleiben?

KLAUS: Gänzlich ausgeschlossen.

VATER: Und wann komm ich ins Männerhaus?

JACKIE: Bilde dir bloß keine Schwachheiten ein!

KLÄRE: Das müssen wir morgen besprechen.

JACKIE: Morgen Nachmittag komm ich mal bei euch vorbei.

KLAUS: Soll uns freuen, mein Lieber. Man wird so schwer mit ihnen fertig.

JACKIE: Sie müssen einfach parieren. Wir haben's auch gemusst. Und nun aber nach Hause!

Alle Kinder mit ihren drängelnden Eltern durch die Tür ab. Man hört Autos ankurbeln. Jackie schließt das Grammophon usw. Er allein ist noch im Saal.

MUTTER: *(kommt noch einmal zurück)* Ich hab was vergessen.

JACKIE: Was denn?

MUTTER: *(kramt auf den Bänken herum. Draußen hupt es. Sie sucht längere Zeit.)*

JACKIE: *(steht kopfschüttelnd dabei)*

MUTTER: Endlich! *(schwingt die Puderdose)*

JACKIE: Endlich!!

MUTTER: *(läuft hinaus, kommt zurück:)* Das Auto ist weggefahren!

JACKIE: Da musst du eben laufen.

MUTTER: Wie unhöflich!

JACKIE: Unhöflich? Ihr verlasst euch viel zu sehr auf die Höflichkeit, ihr Frauen!

MUTTER: *(steckt ihm die Zunge raus und rennt fort)*

JACKIE: *(stürzt zur Tür und wirft etwas hinterher)*

CHAPLIN: *(kommt aus der Kulisse, setzt sich auf eine Bank und fängt an zu frühstücken)*

JACKIE: *(nimmt neben ihm Platz und wartet drauf, dass er was abbekommt)*

5. Bild

Jackie Coogan als Staatsanwalt

Spiel- und Arbeitszimmer der Eltern. Großes offnes Fenster. Schreibpult für Kinder. Stehspiegel, in dem sich die Mutter oft pudert und überprüft.

1. Auftritt

Der VATER *und die* MUTTER *bei den Schularbeiten.*

VATER: *(sitzt im Pult, rutscht hin und her)* Das reinste Marterwerkzeug ist doch so ein Pult! Mein Kreuz, mein Kreuz! – Hast du die Rechenaufgaben schon gemacht?

MUTTER: *(steht, sich verschönernd, vorm Spiegel)* Noch nicht.

VATER: Das frühe Schlafengehen mag ja ganz gesund sein. Aber ja mehr man schläft, umso müder wird man. *(gähnt)*

MUTTER: *(bei der Puderei)* Findest du?

VATER: *(steht auf, raucht am Fenster, vertreibt den Rauch)* Ob sie's wieder merken, dass ich geraucht hab?

MUTTER: Wenn du Angst hast, dann lass es doch bleiben.

VATER: Angst! Was das nun wieder für ein Ausdruck ist! Ich werde wohl vor meinen eignen Kindern Angst haben! Mit jedem Worte legst du's drauf an, mich zu ärgern.

MUTTER: Dann unterhalte dich doch nicht mit mir.

VATER: Recht hast du. – Wider alles Erwarten übrigens.

MUTTER: *(stampft mit dem Fuße auf)* Wenn ich doch schon in der Schule wohnte!

VATER: Ich auch! – Aber sie werden's nicht zulassen. *(nimmt eine Zeitung und liest Börsennachrichten)*

MUTTER: *(zwängt sich in ihr Pult, nascht Pralinés und beginnt zu rechnen)*

Ein Geräusch vor der Tür.

VATER: *(schrickt zusammen, wirft die Zigarette aus dem Fenster und versteckt die Zeitung)*

MUTTER: Bis sie dich wieder erwischen.

VATER: Man wird bloß nervös davon. *(am Fenster)* Die schöne Zigarette! *(nimmt die Zeitung wieder vor)*

MUTTER: Hast *du* die Rechenaufgaben schon gemacht?

VATER: Nein. – Der Junge wird mit seinen Börsenmanövern das ganze Vermögen durchbringen. Es ist zum Haarerausrupfen!

MUTTER: Rupfe ruhig! Bei den paar Haaren, die du noch hast. Und von deinem Geld, wie du's noch immer nennst, haben wir ja doch nichts. Fünfzig Pfennige Taschengeld die Woche! Und will man einen neuen Hut haben, heißt's: Du hast doch den Hut vom vorigen Sommer. Den Hut vom vorigen Sommer in diesem Winter!

VATER: *(freundlich)* Das geschieht dir ganz recht. Als *ich* das Geld noch hatte, wärst du aus dem Fenster gesprungen.

MUTTER: Sag mal, Walterchen, hast du gar kein Geld?

VATER: Geld? Wieso! Bei fünfzig Pfennigen pro Woche!!

MUTTER: Tu nur nicht so! Glaubst du, ich hätte nicht bemerkt, dass du dein Taschengeld gegen Zinsen verleihst? Dass du abgenutzte Schreibfedern mit Sandpapier reibst und als neue verkaufst? Und dass du in der Schule mit Zigaretten, Streichhölzern und Schnürsenkeln handelst?

VATER: Es bringt nichts ein. Ich setz im Gegenteil noch zu.

MUTTER: So? Und warum tust du's dann?

VATER: Aus purer Gewohnheit. Es ist nun mal mein Beruf, Geld zu machen. Und wenn ich wie Robinson auf einer einsamen Insel wäre, ich würde den Affen Bananen verkaufen!

MUTTER: Ich werd das nie begreifen. Wenn ich kein Geld ausgeben kann, will ich auch keins verdienen.

VATER: Hast du schon mal Geld verdient? Du erzählst Neuigkeiten.

MUTTER: Reiz mich nicht. – Hilf mir lieber beim Rechnen.

VATER: Wie viel bezahlst du dafür?

MUTTER: Was? Mit deiner Frau machst du auch schon Geschäfte?

VATER: Wenn doch niemand andres da ist! Also, was gibst du aus?

MUTTER: Fünf Pfennige.

VATER: Lächerlich. Ich weise dein Angebot zurück. Das Doppelte wäre zu wenig!

MUTTER: Ausgeschlossen.

VATER: So? – Pass auf, ich mach dir einen Vorschlag. Du borgst mir dein nächstes Taschengeld für eine Woche. Unverzinslich. Dann kriegst du's wieder.

MUTTER: Wozu?

VATER: In einer Woche, sag ich, kriegst du's wieder!

MUTTER: Du willst es inzwischen weiterverborgen?

VATER: Es scheint so.

MUTTER: Und wie viel verdienst du daran?

VATER: Kümmere dich nicht um fremde Angelegenheiten!

MUTTER: Du bist ein niedlicher kleiner Halsabschneider!

VATER: Quatsch! Geld muss wandern. Wie eine Lawine.

MUTTER: Was will ich weiter machen? Einverstanden!

VATER: Gib's schriftlich!

MUTTER: Diktiere!

VATER: »Die Endestunterzeichnete leiht ihr Taschengeld im Betrage von 50 (fünfzig) Pfennigen einmalig auf die Dauer einer Woche ihrem Gatten Walter, der der Gläubigerin den Leihbetrag, unverkürzt und unverzinst, nach Ablauf der Woche zurückzugeben verpflichtet ist.«

MUTTER: So. Datum, Unterschrift. Fertig! Hier hast du! – Und wenn ich nun in dieser Woche Geld brauchen sollte?

VATER: Dann borgst du bei mir gegen 12 Prozent Zinsen.

MUTTER: So eine Unverschämtheit!

VATER: Reg dich nicht auf! Wenn du frech wirst, erhöht sich der Zinsfuß.

MUTTER: Einfach toll! – Aber nun kommt die Gegenleistung.

VATER: Lies die erste Aufgabe vor!

MUTTER: »Zwei Flugzeuge fliegen die gleiche Strecke New York–Berlin. Flugzeug A fliegt von New York aus, Flugzeug B startet in Berlin. Die Route beträgt 5000 km!«

VATER: Moment, Pauline! – *(nimmt Kreide und zeichnet auf den Fußboden:)* Amerika … So ungefähr … New York … Atlantischer Ozean … Irland, England … Amsterdam … Berlin … die gleiche Strecke … A … B … ja, weiter?

MUTTER: »Flugzeug A fliegt einen Stundendurchschnitt von 150 km. Flugzeug B, das eine Notlandung bei Dublin vornehmen muss, durchschnittlich 120 km.«

VATER: Moment! – 150 km ... 120 ... km ... Ja?

MUTTER: »Sie begegnen einander am Orte X.«

VATER: Moment! – X … Weiter?

MUTTER: »Wie viel km ist der Treffpunkt von New York entfernt? Wie weit von Berlin? Wie lange braucht das

Flugzeug A zu diesem Treffpunkt? Wie lange das Flugzeug B?«

VATER: Steht nicht dabei, wie viel die Piloten verdienen oder irgendwas andres mit Geld?

MUTTER: Nein.

VATER: Nein? Das ist faul. Sobald ich nicht mit Geldbeträgen rechnen kann, kann ich überhaupt nicht rechnen. – Entsetzlich, was die Kinder so alles wissen wollen! Hast du's schon raus?

MUTTER: Dumme Frage.

VATER: Schade, zu schade, dass kein Geld drin vorkommt.

MUTTER: Du verdienst doch aber dran!

VATER: Nein, nun nicht mehr. Den Kontrakt hab ich ja schon in der Tasche. – Versuchen können wir's ja mal. Steh, bitte, auf! … Aufstehn sollst du!

MUTTER: Warum denn nur?

VATER: Stell dich nach New York!

MUTTER: *(kommt mühsam aus der Bank, stellt sich auf das New York aus Kreide)* Also, da bin ich.

VATER: Schön. Du bist jetzt Flugzeug A.

MUTTER: Einverstanden.

VATER: So. Ich stell mich aufs Tempelhofer Feld und bin Flugzeug B. Wieviel fliegst du in der Stunde?

MUTTER: Keine Ahnung.

VATER: Aber das musst du doch wissen! Sonst kriegen wir's natürlich niemals raus!

MUTTER: *(läuft zum Pult, holt das Rechenbuch)*

VATER: Du fliegst ja nach der falschen Seite!!

MUTTER: Ich will doch nur nachsehen, wie viel ich in der Stunde fliege.

VATER: Also gut, sieh nach!

MUTTER: 120 ... nein, das bist du ... 150 km flieg ich.

VATER: Schön. Dann fang mal an!

MUTTER: Womit denn?

VATER: Mit Fliegen natürlich!

MUTTER: *(balanciert auf dem Kreidestrich und wedelt mit den Armen)*

VATER: *(hat die Uhr aus der Tasche geholt und blickt ernsthaft drauf)*

MUTTER: Flieg ich auch richtig?

VATER: Na, es geht ... Halt! Du bist am Treffpunkt!

MUTTER: Aber du bist doch noch nicht da?

VATER: Du wirst das wohl erwarten können ... Nochmal nach New York zurück!

MUTTER: Fliegst du jetzt mit?

VATER: Jawohl ... Achtung! Fertig! Los! *(beide nähern sich, bei der Begegnung schreit er:)* Halt!

MUTTER: Aber wir haben uns ja gar nicht am Treffpunkt getroffen?

VATER: Seltsam! Entweder ist die Aufgabe falsch gestellt oder wir sind verkehrte Zeiten geflogen ...

MUTTER: Wir fliegen doch sowieso nicht Hunderte von Kilometern ...

VATER: Ich arbeite doch mit Verhältniszahlen! – Halt, ich hab's! Ich hab doch meine Notlandung in Dublin vergessen! Also noch einmal!

MUTTER: Das ist ja der reinste Unsinn, was du da machst!

VATER: Was ist das?

MUTTER: Unsinn!!

VATER: Ich will dir helfen! Wart!

MUTTER: *(flüchtet hinters Pult)*

VATER: *(jagt sie kreuz und quer durchs Zimmer)*

MUTTER: Du sollst mit mir rechnen!

VATER: Abrechnen will ich mit dir, mein Täubchen.

MUTTER: Hilfe! Zu Hilfe! *(wirft mit Kissen. Großer Lärm.)*

VATER: Wart! Zum Fenster werf ich dich raus! Dort unten kannst du dann weiterschreien!

MUTTER: Kinder, Kinder! Euer Vater will mich durchs Fenster werfen!

2. Auftritt

KLÄRE *kommt. Ihr fliegt ein Kissen an den Kopf. Später* KLAUS.

KLÄRE: Was ist denn hier los?

VATER: Nichts weiter, mein Kind.

KLÄRE: Ihr seid doch wirklich schlimmer als richtige Kinder!

VATER: Ihr wollt's doch so haben.

KLÄRE: So verstehst du also immer noch nicht, was ihr hier sollt? *(zur Mutter:)* Was hat's gegeben, Mama?

MUTTER: Ach, er ist ja unausstehlich geworden, seit er wieder zur Schule geht! Die Fehler eures Papas hat er behalten und die Fehler der Schulkinder hat er sich außerdem noch angeeignet.

VATER: Und eure Frau Mama ist stets ein Schulkind geblieben.

MUTTER: Das sagst du, der mit alten Federn und mit Schnürsenkeln handelt!

VATER: Oh du Klatschbase!

MUTTER: Die einfachsten Rechenaufgaben kann er nicht lösen, und das will ein Bankdirektor sein!

VATER: Das verstehst du nicht. Es gibt überhaupt nichts, was du verstündest! Ich wundre mich nur, dass du zwei halbwegs geweckte Kinder bekommen hast.

MUTTER: Kläre, hörst du das? Schick deinen Vater aus dem Zimmer, er beleidigt mich unausgesetzt!

KLÄRE: Nein, ihr müsst schon beide hierbleiben. Klaus wird gleich aus dem Büro kommen, und dann müssen wir mal ernst mit euch reden.

MUTTER: Jaja, wegen der Scheidung. Vergiss nicht, ich will nach München und Gesang studieren.

VATER: Schickt sie recht, recht weit fort. Nach dem Pfefferland womöglich. Mit dem nächsten Zuge, der hingeht!

MUTTER: Nein, nun bleib ich grade, nur um dich zu ärgern.

VATER: Dann geh eben ich fort. Nach England, um dort mit ein paar Banken zu verhandeln.

KLÄRE: Ihr scheint ganz zu vergessen, wo ihr seid?

MUTTER: Ich werde doch hier wenigstens Gesang studieren können *(singt lalala, geht dann zu Hildachs »Lenz« oder etwas Ähnlichem über)*

VATER: Hör auf! Nein, fahre fort! Fahre weit fort! *(sie singt weiter, er jagt sie durchs Zimmer. Sie klettert übers Sofa auf den Schrank; hier singt sie weiter.)*

VATER: Halte deinen Mund, sonst komm ich rauf!

KLAUS *tritt ein. Mit der Aktenmappe unterm Arm, geschäftig und etwas abgespannt.*

KLAUS: Na, was gibt's?

KLÄRE: Die Mama sitzt auf dem Schrank.

VATER: Ihr Glück!

MUTTER: *(singt)* »… Es läuten die Glocken … vom Turm … zu Turm … usw.«

KLAUS: Was soll das heißen?

VATER: Lass sie grölen, mein Junge. Sie will deinen Vater ärgern. Der aber denkt gar nicht dran. Von mir aus kann sie dort oben Püppchen malen.

MUTTER: *(singt bruchstückweise weiter, so dass sie die Unterhaltung nicht gefährdet)*

VATER: Höre, Junge, auf der Börse gibt's in den nächsten Tagen sicher wieder einen bösen Rutsch …

KLAUS: Morgen wahrscheinlich.

VATER: Ich hab da noch so ein paar Käufe in der Schwebe …

KLAUS: Ist alles in Ordnung. Mach lieber deine Schularbeiten.

VATER: Jawohl, aber sag mir, wie bringst du es nur fertig, dass du fast noch besser spekulierst als dein Vater?

KLAUS: Wir Kinder, weißt du, wir verstehen die Erwachsenen ganz gut, und was sie können, das lernen wir ziemlich bald. Aber ihr – ihr lernt nie wieder, was wir Kinder können und wünschen und was ihr konntet und wünschtet, als ihr selber noch Kinder wart.

VATER: Möglich, möglich …

KLÄRE: Es *ist* so.

VATER: Ganz stimmt's nicht. Ich hab mir in der letzten Zeit so allerlei Gedanken gemacht. Über uns und über euch. Und wenn heute alles wieder wie früher würde, es würde anders werden. Ganz anders …

KLAUS: Wahrhaftig?

KLÄRE: *(umhalst ihn)* Du lieber Papa!!

MUTTER: *(ist auf ihrem Schrank still geworden)* Um mich kümmert sich kein Mensch.

VATER: Es tut mal so wohl, Pauline, nicht an dich zu denken.

KLAUS: Was suchst du nur da oben?

VATER: Die hohen Töne.

KLÄRE: Komm wieder runter, Mama!

VATER: Bleib lieber oben, Mama!

MUTTER: *(klettert wieder ins Parterre)*

KLAUS: *(zu Kläre:)* Wann kommt eigentlich Jackie?

KLÄRE: Er muss jede Minute hier sein. Ich hab auch Altenberg herbestellt. Er versteht sich auf Erwachsene vielleicht doch etwas besser als wir.

MUTTER: Erwachsene versteht er besser als ihr. Kinder versteht er besser als wir! Alles versteht er besser!! Ein Prachtmensch, der Altenberg!

KLAUS: Das ist er auch!

KLÄRE: Wenn er nicht gewesen wäre …

MUTTER: Immer habt ihr ihn uns vorgezogen. *(wischt sich die Augen)*

KLAUS: Das lag ja bloß an euch. Setzt euch, bitte, dorthin!

Vater und Mutter nehmen nebeneinander vor einem Tische Platz.

KLAUS: *(zu Kläre:)* Biete Zigarren und Konfekt an!

KLÄRE: *(kommt der Aufforderung nach)*

MUTTER: Oh, diese herrlichen Pralinés! Wo hast du die gekauft?

VATER: Brasil?

KLAUS: Jawohl, mit Havannadeckblatt.

VATER: *(raucht an)* Hm. Ein wunderbares Kraut. Ein Aroma!

Es klingelt. Klaus geht hinaus.

KLÄRE: *(legt auf drei Stühle, hinterm Tisch, Unterlagen, Noten usw. zur Erhöhung der Sitzflächen, wie eine kleine Gerichtsszene sieht das Ganze aus. Für Altenberg ein Stuhl seitlich vom Tisch.)*

MUTTER: Rauch mir nicht so ins Gesicht!

VATER: Die Gardinen werden auch braun, nicht wahr? Und du kriegst es mit den Lungenspitzen. Und die Kinder lernen zu früh die Gefahr schlechter Angewohnheiten? Hab ich was vergessen?

MUTTER: Grässlich benimmst du dich! Da brauch ich ja gar nichts mehr zu sagen!

VATER: Endlich kommst du dahinter!

MUTTER: Red, was du willst! Morgen um diese Zeit bin ich ja doch im Mädchenhaus.

VATER: Es wird die allerhöchste Zeit!

3. Auftritt

Klaus bringt JACKIE *und* ALTENBERG *herein. Wechselseitige Begrüßungen. Die Eltern stehen auf. Jackie wird wie ein Lehrer begrüßt. Altenberg nur obenhin.*

KLAUS: *(sitzt neben Jackie, dann Kläre. Klaus klingelt mit einer Glocke)* Ich bitte um Gehör! Ihr wisst alle, worum sich's handelt. Unsere Eltern sind böse miteinander. Mutter möchte irgendwo Gesang studieren. Vater führe am liebsten nach England. Da dies, seit der großen Veränderung in unserm Familienleben, nicht mehr möglich ist, will jedes ins Internat aufgenommen werden. Die Mutter zu den unverheirateten Frauen, Papa zu den Junggesellen. Wir, Kläre und ich, sind damit keineswegs einverstanden. Wir haben, als Kinder dieser beiden Großen, zwar das Recht, ihnen ihre Wünsche glatt und ohne lange Erklärungen abzulehnen. Aber, meine Herrschaften, was hätte das für Zweck? Wir könnten sie einfach zwingen, bei uns und beieinander zu bleiben. Aber würden wir dadurch erzwingen, dass sie sich wieder richtig lieb hätten und dass sie sich vertrügen? Nein. Wir haben deshalb eine Art Familiengericht einberufen, damit dieses die herrschenden Schwierigkeiten beseitigt. Ich bitte dich also, Jackie, den Vorsitz zu übernehmen und die Verhandlung zu leiten. Wir sind bereit, jede gewünschte Frage zu beantworten, verlangen von unsern Eltern dasselbe und erwarten von dem Ausgange der Sitzung das Beste.

MUTTER: Und diesen Jungen wollte der Doktor Egerland sitzen bleiben lassen! Wie er redet!

ALTENBERG: Jaja, ein paar Prachtkinder habt ihr da.

JACKIE: *(klingelt energisch)* Ruhe! Ich eröffne hiermit die Sitzung. Den beiden angeklagten Eltern lege ich nahe, die volle Wahrheit zu sagen.

VATER: Angeklagt? Wir sind angeklagt? Wieso denn!

JACKIE: *(klingelt)* Ruhe bitte ich mir aus! Ihr seid angeklagt, euch nicht mehr lieb zu haben!

MUTTER: Das ist doch kein Verbrechen!

VATER: Na das mein ich doch auch. Das ist doch bloß ein Malheur.

JACKIE: *(klingelt)* Pauline will nach München. Was willst du dort, Angeklagte?

MUTTER: Gesang studieren.

JACKIE: Deswegen willst du ausgerechnet nach München?

VATER: Unsinn! Sie will ganz einfach aus dem Haus.

JACKIE: *(zum Vater:)* Ist es nett von einer Mutter, ihre Kinder zu verlassen, um Gesang zu studieren?

VATER: Nein. Ganz und gar nicht!

JACKIE: Und wohin willst du? Nach England?

VATER: Aber nur, weil meine Frau im Hause bleiben soll.

MUTTER: Schäm dich, das vor allen Leuten zu sagen!

VATER: Es ist doch aber wahr, meine Gute.

JACKIE: *(zur Mutter:)* Ist es nett von einem Vater, seine Kinder zu verlassen?

MUTTER: Nein, aber wenn nun …

JACKIE: *(schlägt auf den Tisch)* Ist es nett, frage ich!!

MUTTER: Nein.

JACKIE: Na also. Der Vater findet es von der Mutter abscheulich, wenn sie die Kinder verlässt. Und die Mutter findet es abscheulich, wenn er es tut. Aber jeder für sich findet nichts dabei. Ich frage unsern Lieblingsschüler Altenberg – er kann zwar nicht turnen, aber er gibt sich Mühe – ich frage ihn, ob es anständig von Eltern ist, ihre Kinder im Stich zu lassen.

ALTENBERG: Ich erlaub mir kein Urteil. Ich bin nicht verheiratet, und ich hab keine Kinder.

JACKIE: Du bist aber älter als wir und kennst die Herzen der Großen. Ist es anständig gehandelt? Frage dein eignes Herz!

ALTENBERG: Ich weiß nicht recht …

JACKIE: Würdest du es tun?

ALTENBERG: *(springt selbstvergessen auf)* Niemals!!

KLAUS: Da habt ihr's!

JACKIE: Haben die Angeklagten triftige Gründe für ihren Trennungswunsch? Pauline?? Na, bisschen schnell!

MUTTER: Er ... er raucht zu viele Zigarren.

VATER: Sie geht zu oft und zu viel zu Bekannten.

MUTTER: Er geht mit mir nicht mehr fort.

VATER: Sie kauft sich zu viel Kleider und Hüte.

MUTTER: Er interessiert sich nur noch fürs Geschäft.

VATER: Wenn ich zu Hause bin, singt sie stundenlang.

MUTTER: Wenn ich singe, läuft er fort!

JACKIE: *(klingelt)* Ruhe! Sind das vielleicht triftige Gründe?

KLAUS: Nein.

KLÄRE: Nein.

ALTENBERG: Nein.

JACKIE: Nein! Hört ihr's? – Habt ihr noch andre Gründe? – Nein?

VATER: Doch, doch!

JACKIE: Das wäre?

VATER: Sie fallen mir nur momentan nicht ein.

JACKIE: Dann müssen es ja sehr wichtige Dinge sein, dass sie dir nicht mal einfallen ... So hatte ich mir die Sache gedacht. Genau so! Und wegen solch lumpiger dummer Lächerlichkeiten wollt ihr eure Kinder allein lassen?

MUTTER: Nein, eins von uns würde ja dableiben. Er nämlich.

VATER: Sie bliebe ja da.

JACKIE: *(klingelt)* Ruhe! *(steht auf)* Ich mache, im Hinblick auf die Sachlage, kurzen Prozess und verkünde, wie ich weiß, im Einverständnis mit den Beisitzern, das Urteil. Es lautet: »Entweder Vater und Mutter bleiben beide im Hause bei ihren Kindern oder beide Eltern verlassen die Wohnung auf der Stelle und für immer.«

KLÄRE: *(weint laut)*

MUTTER: Was ist los?

JACKIE: Beide gehen oder beide bleiben. Ich habe mich deutlich genug ausgedrückt.

VATER: Und wenn wir beide Lösungen ablehnen?

JACKIE: Darüber zerbrich dir den Kopf nicht lange. Du wirst schon wollen, wenn wir dich in Behandlung nehmen.

KLAUS: Willst du sie beide elektrisch kochen?

JACKIE: Wir haben auch noch andre Mittel.

KLÄRE: *(weint)*

CHAPLIN *aus dem Schrank, wie bei einer Kuckucksuhr.*

CHAPLIN: Lauter weinen! Was soll das klägliche Gepiepse? Du musst heulen, als hättest du zehne hintendrüber gekriegt. Und wenn du nicht weißt, wie das ist, zeig ich's mal. *(holt aus, Kläre weint heftiger)* So ist schon bedeutend besser! Aber es muss noch schöner klingen. *(macht es vor und verschwindet wieder)*

(schaut nochmal heraus, als hätte er was Wichtiges vergessen) Du musst heulen, als wenn die Eltern wirklich fortwollten, und nicht bloß im Kino. *(ab)*

KLÄRE: Huuuuuh, ist das traurig! Huuuh!

JACKIE: Also, Angeklagte, was soll nun werden?

VATER: Ich bitte um drei Tage Bedenkzeit.

JACKIE: Unter keinen Umständen!

MUTTER: Drei Tage brauchen wir sicher, um uns das nochmals gründlich zu überlegen.

JACKIE: Da gibt es nichts zu überlegen. Ihr müsst euch sofort entscheiden!

VATER: Bedenkzeit ist zwischen allen ehrlichen Leuten üblich.

KLAUS: Also gib ihnen schon die drei Tage Bedenkzeit!

ALTENBERG: Ich denke schon auch.

JACKIE: Also gut, ihr sollt sie haben. Aber anders, als ihr euch das so ausgemalt habt. *(ins Telefon:)* Ist dort die meteorologische Station, ja? Hier ist Jackie Coogan, guten Tag. Wollen Sie, bitte, die Erdumdrehung um sich selber aufs Äußerste beschleunigen. In wenigen Minuten müssen drei Tage abgelaufen sein. Ja, ganz recht. Dann wieder normal. Wie? Jawohl. Bei der augenblicklichen Tageszeit wieder fortfahren. Ich danke Ihnen schön. Guten Tag. *(hängt hin)* So, die drei Tage werden bald vorbei sein. Fangt an, euch zu überlegen!

VATER: Was soll denn das werden?

KLAUS: Komische Sachen machst du da, Jackie!

Plötzlich beginnt in ganz knappen Abständen die Uhr drei, vier usw. zu schlagen. Es schlägt fast ohne Unterbrechung bis 12. Dann weiter: 1–12 fünfmal hintereinander, und schließlich 1–3. Im ganzen drei volle Tage. Klaus, Kläre usw. suchen mit Zählen nachzukommen. Die Eltern sind bestürzt. Dem Zeitverlauf entsprechend ändert sich draußen die Beleuchtung fortgesetzt. Es wird Nacht, Tag, Nacht, Tag usw. Mit Beleuchtungseinzelheiten, verlöschenden und anbrennenden Zimmerlampen usw.

KLAUS: Draußen schneit's.

ALTENBERG: Da sind wir also im Handumdrehen drei Tage älter geworden.

KLÄRE: Das ging aber schnell!

ALTENBERG: Ein Glück, dass das ganze Leben nicht so schnell vergeht!

VATER: Wahrhaftig …

JACKIE: Ihr werdet denken, das sei Betrug. Die Sonne ist aber ganz regulär dreimal auf- und untergegangen. Also sind drei Tage um. Wie lang sie sein müssten, hatten wir ja nicht ausgemacht.

MUTTER: Als ob man bei solch einem Durcheinander von Tag und Nacht nachdenken könnte!

JACKIE: *(klingelt)* Keine Ausreden! Was habt ihr beschlossen?

VATER: Ja, was denkst du, Pauline?

MUTTER: Wir können doch nicht gut beide auf- und davonfahren … Drüber reden würde man auch noch …

VATER: Wenn wir's nun noch mal miteinander versuchten!

MUTTER: Versuchen könnten wir's ja nochmal.

VATER: Ist recht. – Also, wir bleiben beide da!

MUTTER: Wir versuchen's noch einmal!

KLÄRE: *(gibt der Mutter einen Kuss)*

KLAUS: Das ist sehr nett von euch.

ALTENBERG: Und jetzt geh ich nach Hause. Wir sind ja drei Tage nicht ins Bett gekommen. Ich bin rechtschaffen müde.

JACKIE: Ja, gehen wir.

KLÄRE: *(am Fenster)* Es schneit immer mehr. Fein, da gehen wir rodeln, Klaus!

KLAUS: Ich muss doch ins Geschäft!

JACKIE: Nur die Eltern dürfen rodeln gehen.

MUTTER: Rodeln? Ich hab nicht für einen Pfennig Lust dazu.

JACKIE: Ob Lust oder keine Lust, ist wurst. Wozu seid ihr Kinder geworden? Eltern *müssen* rodeln gehen!

VATER: Ach, dürfen wir nicht bleiben?

JACKIE: Holt euch den Schlitten! Aber bisschen plötzlich!

ALTENBERG: Eine Frage ... Den wievielten haben wir denn nun eigentlich?

KLAUS: *(reißt drei Kalenderblätter ab)* Den 23. Dezember.

KLÄRE: Was? Aber da ist ja morgen schon Heiliger Abend! Klaus, komm, wir müssen schnell noch zum Weihnachtsmann!

KLAUS: Ei verflixt! Der weiß noch gar nicht alles, was die Eltern kriegen sollen.

MUTTER: Wir bekommen ja doch nur Spielzeug!

KLÄRE: Wir wären froh, wenn wir welches kriegten, und ihr zieht Gesichter!

MUTTER: Klaus, siehst du, wir wollen euch doch auch bisschen was schenken ... kannst du uns nicht etwas Geld geben?

KLAUS: Richtig! Hier habt ihr zehn Mark.

VATER: Zehn Mark?

KLÄRE: Ihr habt uns früher auch nicht mehr gegeben.

VATER: Na schön. Was wollt ihr denn geschenkt haben?

KLÄRE: Oho, das müsst ihr euch schon selber austüfteln! Klaus, kommst du jetzt mit zum Ruprecht?

KLAUS: Selbstverständlich! Hier ist dein Mantel. *(hilft ihr beim Anziehen)*

KLÄRE: Mama, macht keine Dummheiten unterwegs, und seht euch beim Rodeln gut vor! Auf Wiedersehen! Na, kriegen wir keinen Kuss? *(die Eltern verabschieden sich mit Küssen)* Nehmt das Mädchen mit! Die mag euch unterwegs ziehen. Ich hätte auch sonst keine Ruhe. Vater ist immer so unvorsichtig! – Ja ... und noch vielen Dank, dass ihr bei uns bleibt! Wir waren schon furchtbar traurig.

KLAUS: Mach, dass du aus dem Haus kommst! *(drängt sie zur Tür)*

Alle bis auf die Eltern ab.

VATER: So ein Einfall wieder! Da müssen wir nun rodeln gehen, obwohl wir nicht einen Funken Lust darauf haben!

MUTTER: Und die Kinder gingen so gerne! Was nun Kläre bei Wohltätigkeitstees will, möchte ich wissen.

VATER: Offen gestanden: Was du früher dort wolltest, weiß ich auch nicht.

MUTTER: Willst du schon wieder zanken?

VATER: Nein, nein, Paulinchen! Versuchen wir's lieber im Frieden … Wenn bloß alles wieder beim Alten wäre!

MUTTER: Wahrhaftig, Walter. *(gibt ihm einen Kuss)*

VATER: Alle Wetter, Pauline! Da hast du ihn aber auf der Stelle wieder! *(das geht so ein Weilchen hin und her)*

CHAPLIN *schaut wieder aus dem Schrank.*

CHAPLIN: Wollt ihr gleich aufhören? Wie viel Meter Film soll mich denn eure Zärtlichkeit kosten? Ich will auch endlich aus diesem Möbel heraus!

VATER: Moment, Charlie! Wir sind gleich so weit. *(dauert noch eine Weile)*

CHAPLIN: Nun ist's aber genug! Abblenden!

Der Vorhang schließt sich langsam.

6. Bild

Wenn die Eltern mit Puppen spielen

Behagliches Zimmer. Eventuell dasselbe wie im 5. Bild. Mit Christbaum, Tannenzweigen usw. Der Gabentisch ist reich beladen. Vor allem schönes Spielzeug jeder Art, u. a. eine elektrische Eisenbahn mit Bahnhof, Bogenlampen usw. auf dem Fußboden; Bücher, Puppen, Schlittschuhe, kleine Dynamos, Fotografenapparat usw.

1. Auftritt

KLAUS *und* KLÄRE *beim Schmücken und Anordnen. Sie rücken noch am Tisch zurecht, hängen Schokolade auf den Baum.*

KLÄRE: Nein, wie sich Mama über diese Krusepuppe freuen wird! Ich spielte am liebsten selber mit ihr.

KLAUS: Und diese Eisenbahn! Mit Schlafwagen und mit Speisewagen; mit Bahnwärterhaus und selbsttätigen Weichen! Enorm, was so heute alles gebaut wird.

KLÄRE: Wie sie drüben voll Erwartung im Zimmer sitzen mögen!

KLAUS: Hast du eine Ahnung, was sie uns schenken?

KLÄRE: Ach je, wir kriegen doch nur Dinge für den täglichen Gebrauch. Was hast du Papa vorige Weihnachten geschenkt?

KLAUS: Eine Kiste Zigarren.

KLÄRE: Da kriegst du dieses Jahr auch Zigarren.

KLAUS: Du lieber Himmel! Was soll ich denn mit Zigarren anfangen!

KLÄRE: Rauchen, selbstverständlich!

KLAUS: Ganz ausgeschlossen! Lieber sterb ich. Eine Zigarette hab ich mal probiert – danke schön! Nie wieder! – Was hast du denn der Mutter geschenkt?

KLÄRE: Eine Kassette Briefpapier.

KLAUS: Na, da fang nur gleich mit Briefchen schreiben an!

KLÄRE: Aber wem soll ich denn bloß schreiben!

KLAUS: Wozu bekommst du denn sonst geschenkt!

KLÄRE: Ja, das möchte ich auch wissen …

KLAUS: Ich finde, es wird langsam Zeit, dass wir wieder richtige Kinder werden. Nicht?

KLÄRE: Du wolltest es doch aber so haben, wie es jetzt es ist? Du wolltest doch die Eltern erziehen, als wir in den Schrank stiegen.

KLAUS: Das ist nun aber nicht mehr nötig. Sie haben uns versprochen, zusammenzubleiben und von uns nicht wegzulaufen. Und außerdem haben sie sicher vieles gelernt, seit sie wieder in die Schule gehen.

KLÄRE: Das ist alles ganz gut und schön. Wie kommen wir aber in die richtige Welt zurück?

KLAUS: Keine blasse Ahnung! Du isst ja alle Schokolade vom Christbaum!

KLÄRE: Ach wo! – Wir müssten mal Jackie oder Charlie fragen. Die wissen's sicher.

KLAUS: Ob ich sie gleich mal anklingle?

KLÄRE: Jetzt unter keinen Umständen! Was fällt dir denn ein? Erst wollen wir doch wenigstens noch Weihnachten hier feiern!

KLAUS: Auch gut. Da muss aber eins die Eltern reinholen. Geh und hol sie mal!

KLÄRE: Mach du das nur!

KLAUS: Du willst nur die Schokolade vom Christbaum holen!

KLÄRE: Nein. Mein Ehrenwort!

KLAUS: Gut, dann geh ich! Zünd aber inzwischen die Kerzen an!

KLÄRE: Ich geh doch lieber raus. Zünde du sie an!

KLAUS: Aber bisschen Galopp! *(fängt an, die Kerzen anzubrennen)*

Kläre geht hinaus, die Eltern zu holen.

2. Auftritt

KLÄRE *schaut herein. Dann sie,* VATER *und* MUTTER.

KLÄRE: *(zu Klaus.)* Bist du fertig?

KLAUS: Jawohl.

KLÄRE: Dreh doch das elektrische Licht aus! *(Klaus tut es)* So, und nun, *(flüstern)* nun musst du noch schnell bisschen den Weihnachtsmann machen.

KLAUS: *(trampelt und brummt:)* Also auf Wiedersehen, liebe Kinder! Hoffentlich haben die Eltern auch gut gefolgt? *(mit natürlicher Stimme)* O ja danke, es geht. Wie eben Eltern so sind. Sie wollen vieles besser wissen. *(brummig)* Jaja, das kennt man. *(natürlich)* Also, auf Wiedersehn, lieber Knecht Ruprecht! Hoffentlich ist dein Auto vorm Hause nicht weggekommen. *(brummig)* Wiedersehn, liebe Kinder!

KLÄRE: Auf Wiedersehn, lieber Weihnachtsmann! Komm bald wieder! *(wirft eine Kusshand)* So, *(tritt ins Zimmer)* nun dürft ihr kommen! *(die Eltern zögern noch)*

KLAUS: Na, kommt nur herein!

Die Eltern treten langsam ins Zimmer. Sind befangen. Die Mutter kommt vorneweg. Zerrt den noch verlegenern Vater an der Hand hinter sich her. Verlegenheitspause.

KLÄRE: Nun müsst ihr euch aber auch freuen!

VATER: Sofort, mein Kind. Weißt du, es ist verteufelt schwer, sich beschenken zu lassen.

KLAUS: Wenn's weiter nichts ist. Das fällt mir gar nicht schwer.

KLÄRE: Nun seht euch doch aber eure Geschenke an! Da auf dem Tisch!

VATER: *(zur Mutter:)* Geh du zuerst, Pauline! Geh!

MUTTER: Schön ist der Christbaum! So grade gewachsen. Viel hübscher als die andern Jahre, wenn ihn das Dienstmädchen geputzt hatte.

VATER: Geh doch nur, Pauline!

MUTTER: Komm nur mit!

VATER: Gut. *(beide treten an den Gabentisch)*

MUTTER: *(schlägt die Hände zusammen)* Das ist ja herrlich!

VATER: Also wirklich, ganz prachtvoll. Ganz prachtvoll. Ja … *(dreht sich nach den Kindern um, die sich bei der Hand halten und glücklich zuschauen)*

MUTTER: Und die schönen Puppen!

VATER: Na also, da habt ihr ja eure kleine Schwester, die ihr euch wünscht!

KLÄRE: Ach wo, das ist doch nichts!

VATER: Na ja. Der Tennisschläger ist für mich, was? Englische Marke. Sehr, sehr nobel.

MUTTER: Und diese Puppenküche! Wunderbar …

VATER: Und das kleine Saxophon hier! Ich kann doch aber gar nicht drauf spielen!

KLAUS: Das macht nichts, Papa. Ich lass dir Stunden geben.

VATER: Soso …

MUTTER: Und Schlittschuhe für mich! Ob ich denn noch fahren kann?

KLÄRE: Das verlernt man niemals, wenn man's einmal konnte.

MUTTER: Ja, eben.

KLAUS: Aber Papa, das Wichtigste hast du noch gar nicht gesehen. Schau doch mal auf den Fußboden!

VATER: Ei potz! Das ist ja eine richtige Eisenbahn! Oh, ist die aber fein! *(lässt sich schmerzhaft auf die Knie)* Unerhört fein! *(hockt hilflos da)*

KLÄRE: *(tritt zum Tisch)* Und hier ist noch für jeden ein Paket Pulsnitzer Pfefferkuchen. Und Pralinés für Mama und Cognacbohnen für Papa.

VATER: Wo? *(springt hoch und isst Cognacbohnen)* Die Schokolade drumherum ist ganz unnötig.

MUTTER: Und wir haben euch doch auch etwas zu schenken! Wir wollen's doch gleich mal holen.

Die Eltern ab.

KLÄRE: Pass nur auf, jetzt kriegst du Zigarren.

KLAUS: Ausgeschlossen. Aber du kriegst Briefpapier!

KLÄRE: Unsinn! … Wir hätten ihnen vielleicht mehr Geld geben sollen …

KLAUS: Besser wär es gewesen.

KLÄRE: Ich glaube, sie freuen sich gar nicht besonders. Wenn wir das alles bekommen hätten, was!

Die Eltern kommen zurück.

VATER: Hier, mein Junge, hast du eine Kiste Zigarren. Prima, kann ich dir sagen. Mittelschwer. Damit du sie verträgst.

KLAUS: *(wechselt mit Kläre Blicke)* Das ist sehr lieb von dir, Papa! Sehr lieb.

MUTTER: Und du, mein Klärekind, bekommst von uns einen Karton lavendelfarbnen Briefpapiers. Verschreib es gesund! – Oder wäre dir eine andre Farbe lieber gewesen? Ich hab Umtausch gemacht.

KLÄRE: *(blickt zu Klaus, der sich wegwendet)* Nein, nein, Mama, so ist's grade recht. Es ist sehr lieb von dir, mein Muttchen. *(Schweigen allerseits)*

MUTTER: So, und jetzt müssen wir uns beieinander recht sehr bedanken.

VATER: Na und ob! *(allseitig Umarmungen und Küsse)*

KLAUS: *(stellt das Grammophon an: »O du fröhliche«)*

Alle singen die erste Strophe.

KLÄRE: *(holt Kaffee und Kuchen)* Jetzt müssen wir aber auch den Stollen probieren.

VATER: *(macht sich's bequem)* Wunderhübsch ist so ein Christfest. War's voriges Jahr eigentlich auch so nett?

KLAUS UND KLÄRE: Nein!

VATER: Na, na! Wieso denn?

KLAUS: Ihr fuhrt anschließend sofort nach Oberhof. Und da ging alles wie der Wind. Ihr hattet immer Sorge, der Zug führe weg.

KLÄRE: Ja, und wir blieben da und waren, trotz der vielen Geschenke, sehr traurig.

MUTTER: Das war entschieden nicht richtig von uns …

VATER: Nee, bestimmt nicht. Ich glaub überhaupt, Pauline, wir haben manches verkehrt angedreht … Na ja … Rauch doch mal eine von deinen Zigarren, mein Junge! Ich wüsste gerne, ob ich das Richtige getroffen habe.

KLAUS: Vielen Dank, Papa, ich möchte jetzt aber nicht rauchen. Willst du vielleicht eine probieren?

VATER: *(springt hoch, bedient sich)* Und ob ich will. Das Heimlichrauchen bekommt mir schon lange nicht … So … nun fühl ich mich erst behaglich.

MUTTER: Kläre?

KLÄRE: Was denn, Mama?

MUTTER: Ich möchte so gerne mal wieder ein schönes Kleid anziehen.

KLÄRE: Sind denn welche da?

MUTTER: Freilich. Das eine, in dem ich hierherkam.

KLAUS: Natürlich, Mama, mach dich schön!

MUTTER: Ja? Ich bin gleich wieder da!

Mutter ab.

KLAUS: Spiel doch bisschen mit deiner neuen Eisenbahn, Papa. Oder hast du keine Lust?

VATER: Doch, doch, mein Junge, ich kann nur so schlecht knien, wenn ich Stollen gegessen habe. Und die Zigarre ist ganz großartig! Nimm dir doch eine!

KLAUS: Nein danke, ich mag jetzt wirklich nicht.

VATER: Das ist sehr schade. Aber vielleicht spielst du ein bisschen mit der Bahn?

KLAUS: *(beherrscht sich mühsam)* Das könnte ich eigentlich tun. Ich mach dir nichts dran kaputt, hab keine Angst!

VATER: *(pafft)* Nein, mein Junge, ich bin ganz ruhig.

KLAUS: Na schön. *(stürzt sich ausgehungert über die Eisenbahn her, lässt sie rattern und Kurven fahren, schaltet begeistert aus und ein)*

KLÄRE: *(hat die Puppe genommen und bemuttert diese)*

VATER: *(holt sich heimlich einen Cognac und noch einen)* Ein wundervoller Weihnachtsabend, wirklich!

KLÄRE: Ganz herrlich ist's, Papachen!

VATER: Eure Mama bleibt lange.

KLAUS: Die kommt schon noch. – Das Schaltwerk funktioniert hervorragend. Und die Lichtsignale! Sieh nur, Vater!

VATER: *(rückt näher)* Ein wahrer Staat, mein Junge. Willst du mal Ingenieur werden?

KLAUS: Ich weiß noch nicht. Ich möchte erst mal viel, viel lernen!

VATER: Waas? Lernen willst du? Und auch noch viel? Ich denke, du warst in der Schule furchtbar faul?

KLAUS: Ja, ich hab mir's seitdem anders überlegt.

VATER: Das ist vernünftig, mein Junge! Woran haperte es denn besonders?

KLAUS: Eigentlich nirgends. Eben nur am Fleiß. Wenn ich paar Wochen arbeite, hab ich die ganze Bande wieder ein!

VATER: Bravo! So ist's recht, Klaus!

KLÄRE: Pst, pst. Ihr dürft nicht so schreien. Karla wacht sonst auf.

VATER: Wie heißt deine Tochter?

KLÄRE: Karla.

VATER: Hm, ein nobler Name!

KLÄRE: Ich finde ihn auch sehr schick.

Die Mutter kommt in großer Toilette herein, glücklich über ihre Veränderung. Die andern: »Ah!«

MUTTER: Ach tut das wohl, wieder in seinen eignen Kleidern zu stecken!

KLÄRE: Und fein siehst du aus!

KLAUS: Wie Lya de Putti!

VATER: *(erhebt sich und gibt ihr einen Handkuss. Führt sie am Arm, ernsthaft zufrieden, auf ihren Platz.)*

MUTTER: Du bist galant?

VATER: Zwar gegen meine Gewohnheit, aber von Herzen. *(setzen sich)* Sie spielen mit dem, was sie uns geschenkt haben.

KLAUS: Und du rauchst meine Zigarren!

MUTTER: Wir kommen, scheint es, so langsam wieder ins richtige Gleis.

KLÄRE: Aber anders als früher, ja?

MUTTER: Freilich, Kind! Komm, gib der Mutter einen Kuss!

VATER: Soll ich mich auch umziehen?

MUTTER: Nein, du darfst so bleiben. Die Knabentracht kleidet dich sehr nett.

VATER: Und nun, Kinder, kommt mal wieder hübsch an den Tisch!

KLAUS UND KLÄRE: *(reißen sich vom Spielzeug los und setzen sich folgsam hin)*

VATER: *(erhebt sich, schlägt an sein Glas, gibt zu erkennen, dass er eine Rede halten will)* Als ihr noch so ganz, ganz klein wart, haben Mutter und ich mit euch sehr schöne Feste gefeiert. Aber das blieb wohl nicht so. Aber Mutter und ich haben es gar nicht gemerkt. Wir haben auch nicht gemerkt, dass ihr mit uns zweien gar nicht mehr zufrieden wart. Wir merkten nur, dass ihr ein wenig traurig und sehr ungezogen wurdet. Dass wir aber dran Schuld trugen, wussten wir nicht. Jetzt aber wissen wir's. Und wir versprechen euch, dass ihr nie mehr Grund finden sollt, mit euern Kindern unzufrieden zu sein. Eure Eltern haben sich lieb – nicht wahr, Pauline – und sie haben euch lieb. Und so ist das heutige Fest, das wir euch zu verdanken haben, der Anfang zu einem neuen Leben! *(setzt sich. Stille.)*

KLÄRE: Ach ist das schön, liebe Eltern!

KLAUS: Und wenn ich nicht gefolgt habe, krieg ich Strafe?

VATER: Keine Sorge!

KLAUS: Oh, Papa, auf die ersten Prügel von dir freu ich mich ganz mächtig.

KLÄRE: Dabei wird er so brav sein, dass ihr ihn nie bestrafen werdet.

KLAUS: Nun verrätst du wieder den ganzen Kitt! – Aber eins versprech ich jetzt schon. Muttchen, ich will dich niemals mehr Pauline nennen.

MUTTER: *(lacht)* Wenn dir's Spaß macht, darfst du es weiter tun.

KLAUS: Aber es hat mir doch gar keinen Spaß gemacht!

MUTTER: Warum hast du's denn dann getan?

KLÄRE: Er wollte dich ärgern.

KLAUS: Freilich!

VATER: Warum denn?

KLÄRE: Er sagte sich: Wenn ich die Mutter ärgere, beschäftigt sie sich wenigstens mit mir.

MUTTER: *(zum Vater:)* Da haben wir ja schöne Dinge angerichtet …

VATER: Schwamm drüber!

KLAUS: *(am Grammophon)* Jawohl! Und jetzt singen wir noch die zweite Strophe vom Weihnachtslied! *(alle singen)*

3. *Auftritt*

ALTENBERG, *später* CHAPLIN *und* JACKIE.

ALTENBERG: Das ist aber heuer gemütlich bei euch!

VATER: Nicht wahr? Zigarre gefällig, mein Lieber?

ALTENBERG: Alles, was du willst. *(herzliche Begrüßung)* Ich hab auch den Kindern was mitgebracht.

KLÄRE: Oh, was denn?

ALTENBERG: Seht nur selber nach! Linke Tasche für Kläre, rechte für Klaus! *(beide Kinder suchen)*

KLÄRE: Oh, einen Ring!

KLAUS: Und ich erst! Ein neues Stück für mein Puppentheater! »Bobzo hebt den Südseeschatz« heißt's. Da brauch ich doch aber neue Figuren dazu, Altenberg?

ALTENBERG: Die kriegst du morgen. Sie sind noch nicht ganz trocken geworden: ein Insulanerhäuptling mit grässlich vergifteten Pfeilen; die schöne Prinzessin von Bali; der schlimme Arno und noch ein paar.

KLÄRE: Was ist denn das für ein Stein am Ring?

ALTENBERG: Das ist ein Aquamarin. Klar wie blaues Meerwasser, wenn die Sonne drauf strahlt.

KLÄRE: Aha! Der passt sicher sehr gut für mich?

ALTENBERG: Na freilich, Prinzesschen!

KLÄRE: *(gibt ihm einen Kuss)*

KLAUS: *(schüttelt ihm die Hand)* Von mir willst du doch keinen Kuss haben.

ALTENBERG: *(kommt mit den Kindern zum Tisch)* Jaja. Ihr habt's gut …

KLÄRE: Warum hast du keine Frau und keine Kinder? Das wollt ich dich schon längst mal fragen.

VATER: Ihm hat wohl keine so gut gefallen.

MUTTER: Na, na, vielleicht haben ihm auch zu viele so gut gefallen.

ALTENBERG: Es stimmt wohl beides nicht ganz.

KLAUS: Kläre, du musst nicht so neugierig sein. Er will es sicher nicht gerne sagen.

ALTENBERG: Ja, lassen wir das! Seid nur immer recht nett zum Onkel Altenberg, dann kümmert ihn die Vergangenheit nicht weiter.

KLÄRE: *(streichelt seine Hände)*

MUTTER: Sie müssen von dem Stollen kosten.

ALTENBERG: Mit dem größten Vergnügen!

VATER: *(trinkt noch einen Cognac schlägt sich auf die Knie)* Also, Kinder, schön ist das heute bei uns!

JACKIE *kommt hereingestürmt.*

JACKIE: Was soll denn das heißen? Ihr seid ja dicke Tinte? Ihr schmeißt mir ja den ganzen Film über den Haufen!

Klaus! Kläre! Habt ihr denn kein bisschen Standesbewusstsein mehr?

KLAUS: Reg dich nicht künstlich auf!

JACKIE: Wie nennst du das? Ich koche geradezu!

VATER: Kochst du elektrisch?

JACKIE: Sei nicht unehrerbietig! Komm du nur nach den Weihnachtsferien wieder in die Schule, mein Lieber!

KLÄRE: Unsre Eltern gehen nie im Leben wieder in die Schule. Wir nehmen sie heraus.

JACKIE: Das dürft ihr ja gar nicht! Sie müssen noch vieles lernen.

MUTTER: Was wir notwendig brauchten, haben wir inzwischen gelernt. Unsre Kinder sind mit uns zufrieden.

JACKIE: Also das ist ja ein glatter Streik! Ich werde euch alle einsperren lassen!

KLAUS: Nimm dich gefälligst zusammen! Du artest aus. Wir feiern hier Weihnachten. Siehst du das nicht?

JACKIE: *(ringt nach Luft)* Wo ist das Telefon? Ich muss sofort Chaplin anrufen. Muss ihm mitteilen, dass hier eine Revolution ausgebrochen ist! *(rennt ans Telefon, stellt die Verbindung her)* Halloh, halloh!

Hinter seinem Rücken kommt CHAPLIN *aus der Versenkung herauf, grüßt mit dem Hütchen, sagt: »Servus!«*

JACKIE: *(fährt herum)* Gott sei Dank, Charlie! Du musst helfen!

CHAPLIN: Wo brennt's denn?

JACKIE: Sie machen Revolution! Sie wollen die Eltern nicht mehr zur Schule schicken. Sie parieren nicht mehr. Sie tun, als wäre ich ein dummer Junge!

CHAPLIN: Das bist du ja auch noch.

JACKIE: Oho, ich bin ein weltberühmter Filmstar und habe schon Millionen Dollars gemacht.

CHAPLIN: Quatsch nicht, Krause!

JACKIE: Ich rufe die Kinderpolizei an und lasse euch ins Loch stecken! *(will weglaufen)*

CHAPLIN: *(hält ihn mit dem Stöckchen fest)* Brrr, mein Pferdchen! *(lässt Jackie versinken)* So, da hätten wir Ruhe. – Hier hat sich also alles wieder eingerenkt?

ALTENBERG: Wunderbar geradezu!

KLÄRE: *(umarmt Chaplin)* Lieber Charlie, wir sind direkt glücklich!

CHAPLIN: Das kann nicht jeder von sich sagen! – Und nun gefällt es euch nicht mehr bei uns?

VATER: Aber ausgezeichnet gefällt es uns hier. Nur eben, zu Hause gefiele es uns noch besser.

CHAPLIN: Stimmt's, Paulinchen?

MUTTER: Es ist ganz genau so, wie mein Mann sagte.

CHAPLIN: *(zu Altenberg)* Kann man ihnen trauen?

ALTENBERG: *(nickt)*

CHAPLIN: Da wollen wir doch gleich mal sehen, wann der nächste Zug geht! *(greift in seine weiten Hosen, holt eine Art Blumenspritze hervor)* Also, wer will zurück?

KLAUS: Alle!

CHAPLIN: Da muss ich euch erst mal impfen. *(gibt jedem eine Spritze; alle schlafen sofort ein. Ch. ins Telefon:)* Halloh, ist dort der Weltbühnenmeister? Gut, Verehrter, stellen Sie, bitte, die Wirklichkeit wieder her! Ja? *(hängt ab, steigt aufs Fensterbrett)*

Alles beginnt sich zu verändern und zu bewegen. Ch. nimmt sein Hütchen ab, ruft »Servus« und springt ins Dunkle. Unter fortschreitenden Veränderungen, Geräuschen und Verdunklung schließt sich die Bühne.

7. Bild

Kläre hat Kopfschmerzen, aber alles ist gut

Das Zimmer aus dem ersten Bild, ganz wie es die Kinder verließen. Stille. Dazwischen ein Rumpeln im Schrank. Das Telefon klingelt zuweilen. Das Fenster schlägt. Wind. Wieder Stille.

1. Auftritt

Das Zimmer ist leer. Dann die MUTTER.

MUTTER: *(kommt vom Theater heim; geht zum Fenster und ruft hinunter:)* Die Kinder sind schon zu Bett und haben das Licht nur versehentlich brennen lassen. Wie? Nein, mein Mann ist noch nicht da. – Also gute Nacht, lieber Bongardt! *(schließt das Fenster, legt Mantel und Hut ab und geht aus dem Zimmer. Einige Türen werden geschlagen. Aufgeregt kommt die Mutter zurück:)* Kläre! Klaus!! Kinder!!! *(läuft wieder aus dem Zimmer, kommt wieder herein. Ist ganz aufgelöst. Setzt sich hin, starr. Zuckt bei jedem Geräusch zusammen, ruft wiederholt die Kinder. Zum Schluss in ganz resigniertem Sprechton. Springt ans Telefon, sucht im Buch eine Nummer, verbindet:)* Ist dort die Polizei?
Sind bei Ihnen zwei Kinder gemeldet worden? Ein Knabe und ein Mädchen? Klaus und Kläre? Nein? Mein Gott, was mach ich nur! Sie rufen mich wieder an? Aber ganz bestimmt! Ganz bestimmt! Ich kann mich darauf verlassen? *(hängt ab; setzt sich wieder hin; blickt unverwandt zum Telefon)*

2. *Auftritt*

Der VATER *kommt herein. In Mantel und Hut. Im gleichen Moment klingelt das Telefon. Die Mutter winkt ihm zu, nicht zu sprechen.*

MUTTER: Ja, ich bin am Apparat. Nichts? Wirklich nichts? Was fang ich nur an? Danke! *(hängt ab)*

VATER: Guten Abend, Pauline.

MUTTER: *(stürzt auf ihn zu:)* Sie sind fort!

VATER: Schrei nicht so! Wer denn eigentlich?

MUTTER: Die Kinder!

VATER: *(wirft den Hut fort und rennt aus dem Zimmer. Kommt ganz langsam zurück:)* Die Polizei?

MUTTER: Niemand ist gefunden worden.

VATER: Wo können sie sein?

MUTTER: Niemand weiß es. Was können wir tun?

VATER: Ich weiß es nicht.

MUTTER: … Wenn sie nun tot sind?

VATER: Unmöglich, Pauline! Aber es läge an uns. Nur an uns.

MUTTER: Wir haben uns so wenig um sie gekümmert.

VATER: Wie oft sind wir beide abends weggelaufen!

MUTTER: Wenn wir sie wiederfinden, will ich nie mehr fortlaufen! Abends wenigstens. –

VATER: Das hilft jetzt nichts. Wie finden wir sie wieder?

MUTTER: Wo, um alles in der Welt, können sie nur hingelaufen sein?

VATER: Zu Altenberg?

MUTTER: Zu Altenberg! Natürlich! *(telefoniert:)* Altenberg!

Hören Sie, unsre Kinder sind fort! … Keine Ahnung! … Wir wissen nicht, was tun … Entsetzlich! … Wollen Sie das wirklich tun? Das ist lieb! … Sie rufen uns aller Stunden an! Ja? … Auf Wiedersehen! *(hängt ab)* Er will in der Stadt suchen gehen und die Polizei auf die Streife schicken.

VATER: Ein guter Kerl, der Altenberg! Aber, was sollen *wir* nun anfangen?

MUTTER: Wir müssen die Wohnung noch mal gründlich durchsuchen!

VATER: Gut. Du in der Schlafstube und im Salon. Ich in der Küche, im Mädchenzimmer und in meinem Arbeitszimmer.

MUTTER: Ja. Aber ganz gründlich!

Beide ab. Der Wind heult. Die Fenster knarren. Die MUTTER *ist zuerst wieder da. Sucht überall. Dann der* VATER.

VATER: Nichts?

MUTTER: Nichts.

VATER: Bei mir auch nicht. *(beide laufen ruhelos hin und her. Setzen sich.)*

Es rumpelt im Schrank. Die Eltern springen hoch.

MUTTER: Was ist das?

VATER: Wo war's?

Es rumpelt noch einmal.

VATER: *(reißt die Schranktüre auf)* Da sind sie! Hurra! Hurra! *(springt in der Stube umher)*

MUTTER: *(fällt vor dem Schrank in die Knie, breitet die Arme aus)* Sie sind es wirklich! Klaus! Kläre!

VATER: Klaus! Kläre!

3. Auftritt

KLAUS *und* KLÄRE *im Schrank, später im Zimmer.*

KLAUS: *(noch im Schrank)* Was ist denn los?

KLÄRE: Oh, tut mir mein Kopf weh.

MUTTER: Kommt doch heraus, meine Kinder!

Klaus und Kläre klettern aus dem Schrank. Stehen geblendet und verschlafen da.

KLAUS: *(schließlich)* Das ist aber komisch. Ihr seid ja früher da als wir.

VATER: Warum soll das denn komisch sein, mein Junge?

KLÄRE: Ich seid schon lange da?

MUTTER: Ja freilich, mein Herzblatt! Und wir waren ganz verzweifelt, weil ihr nicht zu finden wart.

KLÄRE: Wo wart ihr denn vorher?

VATER: Das wisst ihr doch. Mutter war im Theater. Und ich in der Harmonie.

KLAUS: *(lacht Kläre an)* Wie sie uns verkohlen wollen!

KLÄRE: Lass nur, sie wollen nicht gern dran erinnert sein.

MUTTER: Aber Kinder, was redet ihr nur?

KLAUS: Tut nur nicht so!

KLÄRE: *(etwas unsicher)* Da wollt ihr uns wohl auch nicht versprochen haben, dass ihr uns von heute ab nicht mehr allein lassen wollt?

MUTTER: *(sieht den Vater verwundert an)* Doch, mein Kind, das haben wir versprochen.

VATER: Habt ihr denn eben noch im Schrank gehorcht, was Mutter und ich gesagt haben?

KLÄRE: Was die Eltern nur haben?

KLAUS: An Jackie Coogan könnt ihr euch wohl auch nicht mehr erinnern? Und an Chaplin auch nicht? Und dass ihr kurze Kleider trugt und zur Schule gingt?

MUTTER: Liebe, liebe Kinder, was um alles in der Welt habt ihr nur erlebt, dass ihr so seltsame Dinge fragt?

VATER: *(stößt die Mutter an)* Wisst ihr, es war so toll, was wir da erlebt haben, dass man eins mit dem andern vergessen kann.

KLÄRE: Da hat Vater recht.

KLAUS: Aber die Mutter?

MUTTER: Ich weiß es ja doch auch alles. Ich hab nur so ein miserables Gedächtnis. Das wisst ihr doch! Freilich erinnere ich mich noch an den kleinen Jackie. Er war so ulkig, nicht?

KLÄRE: Wie er nicht wollte, dass wir uns wieder miteinander vertrügen!

VATER: Ja, das war wirklich frech von ihm. Jaja. Und Chaplin …

KLAUS: Der hat's ihm aber tüchtig gegeben! Hast du nicht gesehn, verschwand er im Boden!

MUTTER: Es war wirklich sehr spaßig. Aber jetzt sind wir wieder alle zu Hause.

VATER: Und nun gehen wir auch nicht mehr so viel fort.

KLÄRE: Nie mehr dürft ihr uns so allein lassen!

MUTTER: Nie, nie wieder, meine Kinder!

KLAUS: Ach ist das schön! *(Familienszene mit Liebhaben und stiller Freude)* Und ich halte aber auch, was ich versprochen habe!

VATER: Natürlich, mein Junge.

KLAUS: Passt mal auf, in vier Wochen bin ich wieder der beste Schüler! Kinospielen ist doch nicht das Richtige …

MUTTER: Siehst du wohl, mein Junge.

Das Telefon klingelt.

VATER: Hallo? Hurra, Altenberg, sie sind wieder da! … Wo? … Ja, das ist komisch genug. Im Schrank! Denken Sie an.

KLÄRE: Grüß ihn vielemals von uns!

VATER: Von den Kindern soll ich Sie vielmals grüßen! … Wird ausgerichtet! Selbstverständlich! Und wollen Sie morgen Abend bei uns mitessen? … Nein, wir bleiben jetzt immer hübsch daheim! … Freilich, freilich … Also, auf morgen! Wiedersehen! *(hängt ab)* Viele Grüße an alle. Morgen Abend kommt er zu uns.

MUTTER: Das ist recht.

KLAUS: Großartig ist das! Dürfen wir da aufbleiben?

MUTTER: Ein bisschen schon.

VATER: Und dann lässt er noch sagen, ihr möchtet ihn pünktlich zum Zoo abholen.

KLÄRE: Ja richtig, die kleinen Löwen!

KLAUS: Und ob wir pünktlich sind!

VATER: Und zum Schluss hat er noch gesagt, ihr müsstet jetzt aber auf der Stelle ins Bett.

KLAUS: Da hat er recht.

KLÄRE: Also gute Nacht, liebe Eltern!

MUTTER: Wir bringen euch zu Bett.

KLAUS: Au fein! Ihr bleibt bei uns, bis wir einschlafen?

VATER: Selbstverständlich!

Klaus und Kläre fangen an, sich auszukleiden. Die Eltern helfen ein bisschen.

KLÄRE: *(zu Klaus:)* Wenn das jetzt Charlie sähe!

KLAUS: *(steht schon im Bett)* Ja. Jetzt ist doch noch alles gut geworden.

VATER: Siehst du wohl. Habt ihr uns denn auch noch lieb?

KLÄRE: Ganz mächtig!

KLAUS: *(drückt die Mutter an sich)* Ganz grässlich lieb! Und vergiss nicht, Mama: Pauline sag ich niemals wieder!

Schlussvorhang